DE
GE
NE
RA
ÇÃO

DEGENERAÇÃO

FERNANDO BONASSI

1ª EDIÇÃO

EDITORA RECORD
RIO DE JANEIRO • SÃO PAULO
2021

CIP-BRASIL. CATALOGAÇÃO NA PUBLICAÇÃO
SINDICATO NACIONAL DOS EDITORES DE LIVROS, RJ

B69d   Bonassi, Fernando
            Degeneração / Fernando Bonassi. - 1. ed. - Rio de Janeiro:
        Record, 2021.

        ISBN 978-65-5587-184-5

        1. Romance brasileiro. I. Título.

21-69245   CDD: 869.3
                                    CDU: 82-31(81)

Meri Gleice Rodrigues de Souza - Bibliotecária - CRB-7/6439

Copyright © Fernando Bonassi, 2021

Projeto gráfico de miolo: Guilherme Peres

Todos os direitos reservados. Proibida a reprodução, armazenamento ou transmissão de partes deste livro, através de quaisquer meios, sem prévia autorização por escrito.

Texto revisado segundo o novo Acordo Ortográfico da Língua Portuguesa.

Direitos exclusivos desta edição reservados pela
EDITORA RECORD LTDA.
Rua Argentina, 171 – Rio de Janeiro, RJ – 20921-380 – Tel.: (21) 2585-2000.

Impresso no Brasil

ISBN 978-65-5587-184-5

Seja um leitor preferencial Record.
Cadastre-se em www.record.com.br
e receba informações sobre nossos
lançamentos e nossas promoções.

EDITORA AFILIADA

Atendimento e venda direta ao leitor:
sac@record.com.br

"Presencio a infelicidade humana. Não há outra coisa na Cruz, nem nos olhos dos manequins que passam em frente às vitrines e olham o modelo decadente em que nos transformamos."

— Luiz Felipe Leprevost

PRÓLOGO

O dia que você me escolhe é justo esta sexta-feira: estamos todos encurralados dentro dos carros no congestionamento monstro. De súbito um alarido nervoso os precede e logo são dois que passam apressados, com os chinelos de dedo batendo no asfalto da avenida Radial Leste. Os chinelos são daqueles que não saem de moda, não arrebentam e não fedem nunca, mas também não servem para correr como queriam. Estão perdendo terreno para os inimigos – e nem é de hoje, a bem dizer. São vítimas das circunstâncias, até certo ponto. Estão cercados neste momento, eles sabem, mas avançam na direção do seu destino olhando assustados por cima dos ombros, tropeçando desembestados, dando mais trabalho a uma comunidade cansada de salário que vem logo atrás, animada com paus e pedras, uma história ultrajante para si e outra de azar para os fugitivos, culpados ou inocentes – não faz diferença –, que acabam levando rasteira e caindo no meio da pista, entre os carros entalados. A velha Radial Leste foi transformada em terra de ninguém outra vez, beco sem saída de tanta esperança neste dia que se repete e se fecha, enquanto homens e mulheres de todas as idades se aproximam e se aglomeram excitados com o primeiro golpe, que não tarda a vir e confirmar o seu desejo de justiça. Todos os presentes, democraticamente, acertam os dois homens com o que têm à mão e, à falta disso, com os punhos cerrados mesmo, puxam-lhes os cabelos, dão-lhes chutes na canela, pontapés no estômago, no nariz, no olho, nos lados da cabeça. Sai sangue das orelhas, da boca, da língua, de onde estou eu vejo. E me encolho no banco, atrás do vidro escuro. Os homens caídos não falam nada. Nem se defendem mais. As suas costas e as quatro pernas são vergastadas com ripas e cabos de vassoura até a carne viva lhes surgir por debaixo da pele. Um homem de bem desce do carro. Não eu. E intervém, pedindo calma, juízo, humanidade, que seja, mas só é ouvido depois que os homens linchados estão quase desacordados, à nossa frente.

Por enquanto vocês são apenas linchadores, mas logo serão assassinos! – avisa, brandindo o telefone celular. E, por temerem mais a nossa justiça do que a própria violência, os atacantes, os linchadores, se dissipam. O tal homem de bem que acudiu os feridos, os linchados, ele quer chamar a polícia, uma ambulância que seja, mas os dois combalidos não permitem, se levantam com dificuldade, dizem que "está tudo certo", que "mereceram", e se afastam eles também, misturando-se ao tráfego de carros e de gente.

1.

Sexta-feira: quatrocentos quilômetros de congestionamento no horário de pico. Quatro quilômetros por hora na Radial Leste, sentido bairro. Quarenta e dois reais o período no estacionamento do pronto-socorro dos italianos (a descoberto, sem seguro e sem manobrista). Ficar parado estava custando mais caro do que se pôr em movimento e parece que todo o país tinha entendido esta mensagem: no próximo domingo elegeremos para o cargo de presidente da República um capitão reformado do exército que sente saudade da ditadura. Também por isso, aí onde você está, eu imagino que sorri. Você ainda deve estar sorrindo, a bem dizer, no estado em que se encontra.

Temos muito o que andar para trás – posso ouvir você a dar risada. Eu rio com a devida tristeza, tristeza desta minha época que até me amarga a boca... Mas uma coisa é certa: o seu "timing" foi perfeito.

Estamos irremediavelmente presos a esta cidade horrível, com artérias engorduradas de cimento e de fumaça, inacabada desde sempre e virada de costas para a própria paisagem. É também um bairro de gente estúpida, de outra época, e que está ficando velha, cada vez mais velha, caduca e desentendida a cada momento. Em cima do morro do Oratório, o hospital de um convênio moribundo, renegado pelos próprios médicos contratados, coisa que um delegado no Sapopemba tinha sugerido ao velho quando ele ainda frequentava a décima oitava delegacia para assistir às sessões de espancamento.

Boa noite! – disse a moça-sorriso na recepção. *Faço parte da equipe de atendimento* – mais sorrisos de recepção: *em que posso servi-lo?*

É que morreu um desgraçado, eu vou dizer logo. Morreu aqui, neste hospital, um ser humano desprezível, um espírito de porco miserável. Foi criado e desenvolveu-se neste mesmo bairro em que estamos, entre o fedor de parmesão e de cachaça, de vermute e de oficinas mecânicas, de molho de tomate e de sucata, antes que esses pombais ocupassem os últimos terrenos do Estado, amontoando os nordestinos esfolados por cima de tudo, todos eles, nacionais e estrangeiros nesses apartamentos a longo prazo que de tão pequenos se janta na varanda, contemplando a terra de ninguém de onde vieram e à qual poucos desejam voltar, em qualquer tempo...

Eu mesmo vou dizer só vim aqui porque me mandaram. E, diante disso, por certo que a moça do sorriso postiço vai ficar com aquilo meio que pregado na cara, meio que se soltando, desorientada em sua etiqueta decorada, fingindo que não entende a minha língua, a nossa língua de casa, e, torcendo a cara num novo riso de programa de treinamento, vai pedir para eu repetir o que eu disse, e eu vou dizer... *Morreu um cidadão miserável, um velho desprezível...* eu vou dizer. Eu vim pela morte de um estelionatário, para identificar o corpo de um colaborador da polícia, liberar – ou liderar, acho – a cremação de um ganso, um X-9 de padaria, a bem dizer: vim para fazer retornar ao pó de onde veio um parente pervertido, um marido desertor, eu diria... Vou dizer que isso não é uma coisa para se comemorar, mas tinha morrido um *maledetto* naquele dia, um *farabutto* de primeira linha, sim senhora, naquele bairro de aparência inofensiva para quem chega, ou para quem, como ela, só vem trabalhar, mas que de verdade esconde uma longa história criminosa de agressões e tiroteios cometidos por limítrofes iletrados e puxa-sacos da polícia, caserna de torturadores de subdistrito, italianos sabujos, brasileiros de todos os tipos, perdoados pela lei do Estado e aposentados com salários integrais desde a época da democracia, com a qual nunca combinaram. Estes "funcionários públicos"... "Somos funcionários públicos, sim" – repetem com orgulho repugnante, na mão a carteirinha do convênio médico do governo, neste armazém de necessidades, mais um local de infelicidades, de tensão e de piores expectativas, a bem dizer, do que um lugar de cura e de alívio, este cemitério anunciado, eu diria... Vou afirmar que por mim mesmo eu nem viria, que eu preferia passar o final de semana em família, por mais repetitivo que isto fosse, mas é como eu disse, me mandaram vir, é responsabilidade minha a sua carcaça: estou obrigado a dar fim nela. Então eu vou falar: "hoje, ou ontem, não sei, morreu aqui o filho da puta do meu pai..."

Olha o respeito, homem! – ouvi algo estranho ou o vulto de alguém resmungar por mim, contra mim, às minhas costas. Eu já estava acostumado com essas vozes do passado, assim como a não dizer o que devia ser dito em cada momento. Por isso e por aquilo eu fiquei calado, esperando resignado pelo que fosse a minha vez...

(...)

Esperei bastante, de fato. Esperei com gosto, até. Pensei: agora não faz mal, agora ele está morto! E ria da besteira óbvia a que se reduzia tudo aquilo, isso... Não tinha mesmo mais urgência para ele, pelo menos. Só para mim: embora as leis trabalhistas me assegurem o direito a um atestado médico e ao pagamento das horas ou dias parados que fossem empregados nessa perda de tempo...

Onde estão esses "malditos" doutores? – perguntam os clientes, pacientes e acompanhantes, com estas e outras aspas e palavras. Eu observo esse aglomerado de gente estropiada e mal vivida, com a cara cheia de vincos e a barriga cheia de roncos, protestando diante dos sorrisos postiços que se multiplicam em novas bocas uniformizadas, novas moças convocadas e treinadas de emergência, postas em guarda, na recepção, sorrindo, armadas: *mas são recepcionistas ou seguranças?*

Eu gozava de boa saúde até onde soubesse e via o quanto os doentes daquele bairro se contorciam, mas gostavam de reclamar. A energia que empregavam naquilo. Sofriam com moléstias, fraturas, anemia, falta de leitura e ressentimento. Reclamavam de esperar por lá havia muito tempo pela solução dos seus males; que hoje, como sempre, tinham levado até ali as suas velhas doenças, para serem mal ou bem cuidadas pelos profissionais de saúde daquela área, mas que ainda não havia aparecido ninguém capaz de ajudar, qualquer especialista para lidar com o inchaço, o vazio deles, nenhum daqueles miseráveis havia sido confortado. Entendi que era uma espera tediosa, dolorosa mesmo, e que ameaçavam explodir a qualquer instante, brandindo as folhinhas puídas com os seus números de senhas, há muito expiradas, como se fossem armas brancas, espadas...

Mentira! Jogo de cena! – percebi logo em seguida. Eu vi sim é que tinham medo de criar confusão, porque enquanto protestavam com aquela aparente fúria, aquela aparente indignação, eles conferiam e reconferiam covardemente os números impressos nos papéis puídos de suor, diante de painéis eletrônicos cegos e mudos aos seus desejos. Não era de duvidar que rezassem para que algo acontecesse. Rezavam sempre, o tipo de gente que éramos, com vários trejeitos e diversos idiomas, mas para quem, meu Deus?

O senhor também precisa de uma senha para ser atendido...

Porra! – exclamei por dentro: não ouso dizer o que penso, ainda mais nestes termos, também. Em especial diante de estranhos. Ao contrário, sorri imitando o riso frouxo das seguranças de recepção e voltei pelo caminho em que tinha entrado, afetando serenidade, até encontrar a máquina que cuspia os papeizinhos com os números de senha. Respondi todas as perguntas da máquina com mentiras deslavadas. Disse que era mais velho, que estava sofrendo de algo incompreensível, mas que podia ser grave, que havia uma extrema urgência naquilo que me trazia ali, sim, emergência, no meu caso, do meu pai, não lembro: *favor retirar a senha...*

Sei que eu ganhei um papel novo, vermelho vivo: *senha preferencial.*

Sentei-me reconfortado. Havia muitos lugares para sentar-se, e cadeiras empilhadas num canto, para os horários de *rush* da espera. Contava esperar pouco, agora, e que a confusão na recepção do hospital se acalmasse; que os mais aflitos dentre os desesperados fossem logo atendidos, de qualquer jeito que fosse, mas não foi o que aconteceu. Alternavam-se na zanga os maiores impotentes, os piores dentre os pobres coitados, problemas físicos, doentes mentais, esfomeados e outros feridos nas feridas infecciosas desta cidade rabugenta, racista e xenófoba – todos numa triste, burra e única súplica coletiva no balcão daquele hospital de periferia... mas apenas água gelada em copos descartáveis, santinhos com a reza de Santo Expedito e sorrisos condicionados em cursinhos técnicos eram distribuídos para o consolo destes pacientes...

Siamo tutti fottuti! – percebem, resignados.

Sim, pois não! – respondem sorridentes os funcionários e funcionárias da recepção. Está claro que os médicos de verdade estão ocupados com casos muito mais graves, ou mais interessantes e lucrativos do que estes... os do tipo de gente que somos.

2.

Agora faz um ano da morte da sua mãe, lembra? Do coração, também, como de hábito na nossa família. *É o maior cemitério da América Latina* – você me assegura, proclama, a bem dizer, dentro do ônibus lotado, a caminho da Vila Formosa. Compreendo essa linguagem superlativa. Todos a usam. Desde o berço, na escola, nas igrejas. Nos cursos profissionalizantes e nas fábricas também, depois. É a época em que somos os maiores do mundo: o maior estádio, a maior hidrelétrica, os maiores cemitérios, as maiores injustiças, os maiores torturadores, violadores, desaparecimentos e estupros em escala criminal nos quartéis das forças armadas nacionais e nas delegacias de polícia dos estados. Vila Formosa – que não se percam vocês pela doçura desse nome –, em cujos muros sujos do cemitério ainda hoje é servida a prostituição mais barata da Zona Leste, acompanhada de drinques à base de groselha e metanol, populações fantasmas, mortos-vivos de uma cidade sitiada por dentro, gradeados que estamos todos, presos ao mundo em que vivemos: *as grades servem para não entrar ou para não sair?* Lá estou eu pendurado pela esquerda na sua mão direita muito alta, alçado de um lado para o outro como se eu estivesse num varal, o que me causa aquela, esta dor no ombro, ainda hoje, na ponta dos pés, os dedos suados e esmagados entre os seus, os tendões saltados como o barbante de um embrulho – é o que eu vejo ao olhar para o seu lado, sofro para acompanhar o passo, tropeço, eu lembro – mas nem então, nem agora que já não adianta mais, eu vou lhe confessar os meus incômodos antigos.

Descemos do ônibus num ambiente gorduroso e encardido, de velas queimadas até os ossos. Flores velhas em caçambas de lixo adocicavam a dieta dos insetos. Urina de bêbados e de cachorros minavam riachos fedidos da parede à calçada. Imagens de santos lavradas em gesso e escapulários. Coroas grandes, médias e pequenas, bandeiras e brasões de times de futebol, fitas coloridas com "lembranças de seu filho", "seu marido", "sua mãe" – são muitos os meninos que morrem nessa região. Comida a quilo cozida e recozida em bacias de alumínio, cachaça, frituras e fermentação... Mas foi quando cruzamos os portões de entrada do cemitério que aquele novo mundo se revelou de uma vez. Fiquei maravilhado com a planura imensa. A face inteira da lua, oferecida aos meus olhos de criança. A terra quase nua, virgem de alicerces, de prédios, de fábricas. Eu nunca tinha visto tão longe, nem tanto infinito.

Feito o mar aberto – é como eu digo, criado com os horizontes trancados em apartamentos minúsculos como túmulos. Você me guia, me arrasta, a bem dizer, por essas avenidas largas e vazias – proibidas ao tráfego de veículos (exceto oficiais e de agências funerárias), alamedas asfaltadas que se interligam por rotatórias das quais saltam oito patas, pernas desconjuntadas, ruas de terra batida, molhadas aqui e ali por carros-pipa, para a poeira não subir e cegar ou asfixiar os que sobrevivem, mas os flocos daquela terra suja, mesmo molhada para grudar no chão, teimavam em soprar na nossa cara, eu sinto como se fosse hoje, pedrinhas jogadas espetando a minha cara, e tudo isso numa rede de vielas que costuram, ou costuravam, terrenos que juntam São Mateus com São Caetano, Guarulhos com Parque São Lucas e Santos, e o mar, mais embaixo.

Acontece que o maior cemitério da América Latina é um deserto também, faz calor e toda essa gente morta que habita estas casinhas deitadas, casamatas, estavam, estão, apodrecendo, eu pensava, penso, como você mesmo a partir de agora. Imagino os vermes em atividade frenética transportando pedacinhos de carne velha em túneis de vietcongues sob os nossos pés.

Tudo se transforma – compreendo então, fora de hora, como se estivesse numa aula de ciências. É aí que você para. Estamos na quadra 53 do cemitério da Vila Formosa, onde já passam de 30 mil os cadáveres enterrados nesta época. Procuramos pela minha avó. É a parte nobre de um cemitério de pobres, com mortos identificados por fotografias impressas em cerâmica, lápides de cimento com citações de salmos, covas bem arrumadas, com grama a delimitar o espaço de cada uma delas, flores frescas em vasos de plástico – a velha comunidade católica praticante desta área, mais ligada à morte do que à vida, como sempre. Enfim você me larga. Como se tivesse encontrado alguém.

Oi, mamãe, você está bem? – você diz olhando para baixo, para o centro da terra da Vila Formosa, para minha avó, como se ela fosse responder lá do inferno. Você reza, eu acho. Fecha os olhos, balbucia qualquer coisa. Eu deveria imitar, mas o que me chama atenção não é a sua mãe morta – ela que, ao morrer, ficou grudada em mim, atracada à minha mão, me lembro da dor nos dedos, no ombro, como se fosse hoje, me puxando, já morta na cama, esperando para ser velada e enterrada e ainda me puxando como se quisesse me levar junto para debaixo da terra: *filha da puta!*

Não é para a tumba da minha vó que eu me viro em prece, mas para observar uma outra, nas proximidades. É sepultura descuidada, com montes de terra por cima, mas, como se fosse cova rasa, reproduzia o contorno do corpo ali jogado: cabeça, tronco, membros... Eu me afasto, atraído por esse caos onde as formigas fazem festa, entrando e saindo na terra de fora. A cruz de madeira tombou e tem a metade de um dos braços enterrada: gella, quella, ghella... Mexo na cruz para conseguir ler: *Sepultura 1106 – Carlos Marighella, 5/12/1911 – 4/11/1969.*

Penso em berinjela com molho. É quando me surpreendem o desenho das letras, o som e o significado das palavras. Sorrio. A poeira que se desprende da lama faz redemoinhos. De súbito eu sinto a sua mão pesada me puxando para trás, me golpeando, a bem dizer. Você aperta meu ombro – este que me dói ainda hoje...

Nunca mais faça isso!

Você continua me empurrando enquanto olha amedrontado para os lados das colinas da Vila Ema e dos labirintos com as gavetas de ossadas que cercam os terrenos.

Não mexa naquilo!

Com um desprezo que eu desconhecia que um homem pudesse ter por outro, você ordena que eu nunca mais me aproxime daquele túmulo. Diz que é o túmulo de um terrorista: *terrorista filho da puta, um baiano do caralho!* – e que a polícia podia estar vigiando. Só mais tarde eu vou entender o interesse da polícia em vigiar os mortos, naquela época, e por um bom tempo eu acreditei que "terrorismo" fosse aquilo: monte de terra abandonada, a terra fofa, recheada de cadáveres e varada de formigas do maior cemitério da América Latina.

3.

Quando os números de senha são exibidos no painel luminoso à entrada do pronto-socorro dos italianos, pode-se ver muito bem, na expressão do rosto do cidadão comum que sofre na sala de espera, o breve, raro e ilusório momento de êxtase em que se sente o escolhido.

Graças a Deus! – agradecem convictos. E, pela força moral que tem isso entre eles, ao sinal sonoro do painel, como cães de laboratório russo condicionados com apitos, eles salivam e se erguem de rabo teso – inédita energia para quem está ali, a bem dizer, em busca de assistência emergencial para a saúde – e se dirigem ao balcão da recepção.

Pois não?

A espera se confirmou longa, como de hábito, mesmo para um portador de "senha preferencial" – e ainda assim não é diferente quando me chega a vez: também experimento esta emoção especial quando minha senha aparece no painel luminoso. Convocados pelo sinal sonoro, todos olham para o meu número. Sinto o que é ser o único entre os demais, por um momento. E é um alívio também, porque desperto desse transe de indiferença em que me alojo nestas horas. Eu me agito com o susto que me dá o alarme, e o tempo morto naquilo volta a correr. Entrego cheio de dedos e de direitos meu pedaço de papel vermelho à recepcionista. E, nem bem passo o papel para a mão dela, já sou atacado pelo receio do que fiz, ou não fiz direito, com as respostas incoerentes que dei à máquina das senhas. Percebo que o meu papel provoca um rumor diferenciado entre os funcionários ali presentes, recepcionistas e seguranças que se consultam entre eles e entre as frequências de rádio deles, rostos tortos para os microfones de lapela, em surdina, em seguida eles consultam a minha aparência (relativamente jovem, relativamente sã) e tornam à minha senha preferencial, ao papel vermelho encarnado, destinado que é aos muito mais velhos, e apenas aos mais desgraçados entre os combalidos: *qual é o problema?*

Um momento, por favor... – preocupados, desaparecem nas portas de "uso restrito" da administração. Protegidos pelas paredes, seguem na confabulação sobre a legalidade da minha atitude, imagino. Já tiveram acesso às minhas respostas mentirosas, por certo. Eu me acovardo logo. E há imagens que comprovam o meu delito, sem dúvida. Não vou poder negar o malfeito. Espero que alguém venha me confrontar, cobrar qualquer posição, um segurança armado, uma explicação que seja para que eu tivesse acesso aos privilégios que digo, o papel diz que eu devo ter, já estou em guarda, a bem dizer, contra estes filhos de umas putas! *Boa noite* – e a mulher diz o nome. *Sou a psicóloga deste turno*, continua, como quem oferece um tratamento, estende a mão num cumprimento suave, nem apertado nem frouxo, estudado para causar bom efeito. A mão está fria. Limpa. Sem perfumes. *Trabalho com luto. É a minha especialidade.* "Trabalhar com luto?!" – eu penso comigo mesmo e gargalho no meu íntimo, em silêncio. E lembro que um torturador, um linchador cagão como você, como os seus amigos da décima oitava, eles também fazem isso, "trabalhar com luto". Entendo que esta é a psicologia que tem medo de dar nome às coisas. É, no fundo, a mesma conversa de cursinho de treinamento oferecido aos funcionários da recepção, questão número três do "manual de bom atendimento": *lamentamos o que aconteceu com seu ente querido...*

Não lamentem – eu deveria ter dito, mas eu já disse que não sou de dizer o que é certo, ou necessário, em cada ocasião. Ficamos em silêncio, os dois. Sentada, a psicóloga cruzou as mãos sobre as pernas e abaixou a cabeça, numa espécie de reverência. Eu não precisava daquilo, acho, mas ela nos concede. Silêncio completo não existe: as sirenes das ambulâncias ecoam por perto, lutando por um lugar na rampa do pronto-socorro. Era sexta-feira. E naquele horário em que muitos estavam se divertindo, bebendo e se envolvendo em acidentes graves. Compreendi neste momento que, no período dessas poucas horas em que o seu cadáver transitou da sua pele pálida, com esse sangue nas veias, para a cor púrpura e ressecada que inaugura esta sua fase, que você, vocês os mortos, perderam de vez os seus últimos direitos. Estão mais preocupados comigo agora, a recepção, a psicóloga, a tesouraria: há sempre alguma despesa extra, não coberta pelo seu convênio cheio de restrições, e o temor de uma explosão, um escândalo que eu possa fazer, um processo que eu queira instaurar contra um médico, o hospital inteiro, sei lá...

Acontece que não sou digno disso: de protestos, de processos, de conflitos. A timidez, a preguiça e o medo me impedem – uma estratégia de sucesso que eu meço pela minha vivência, sobrevivência, até agora. Eu estou em pé sobre a terra e é comigo que a medicina lida – talvez por isso pareça tão desagradável estarmos ali, eu e a psicóloga, e seja tão degradante o problema que ela e eu temos para resolver.

O que vocês querem que eu faça? – interrompi aquela solenidade pré-fabricada.

Ela também: *há decisões urgentes a tomar, assinar documentos e laudos técnicos, emitir certidões de encerramento em cartórios e repartições, um protocolo da morte a seguir.*

Eu não sabia de nada, mas disse e repeti: *eu sei, eu sei.*

Assim como a vida só começa a valer entre nós num cartório, deve acabar em alguma forma de repartição, nalguma solenidade burocrática: desativar cartões de crédito, cancelar decisões, despesas, jornais, apagar a luz, sair do mundo, fechar a porta.

Aqui está...
A psicóloga consulta um boletim de ocorrência do SAMU. A cópia carbonada deixa a ponta dos seus dedos azuladas, feito a sua pele agora, eu suponho, meu pai, em seu ricto cadavérico, numa geladeira deste pronto-socorro. Ela comenta que ontem à tarde você provavelmente dera entrada já morto no hospital, mas que era difícil saber ao certo, pois os paramédicos que o atenderam já foram para casa de folga e o que chamamos de morte, tecnicamente, só pode ser consignado por especialistas oficiais, após uma série de avaliações clínicas e testes neurológicos – que foram feitos a seguir, aqui entre nós, para atestar o óbvio: *não havia mais o que fazer; ele estava sem vida, lamentavelmente.*
Não lamentem! – não gritei outra vez. A curiosidade, neste caso, é que você tinha fugido do asilo em que estava internado – "hospedado", gostavam de dizer, num eufemismo canhestro. Aliás, também não aprovavam a palavra asilo, mas "clínica de repouso".
As mesmas coisas estão mudando de nome muitas vezes...
No que parece ser um caso pensado, você, que havia muito tempo tinha perdido o juízo, resolveu escapar do asilo, da velhice, talvez. De uma maneira difícil de imaginar – mas que comprova, a meu ver, a distração dos nossos funcionários em geral e dos daquele asil... clínica de repouso, em particular. Instado pelos fogos de artifício dos últimos comícios políticos antes da eleição, talvez? Feliz com os resultados previsíveis? O que você deve ter pensado?

Pensava? Você abandonou a cama em que costumava ficar amarrado esperando a morte que teimava em atrasá-lo, sem ser visto chegou à gaiola de grades que controla a saída, esperou que se abrissem os portões na sequência e, no descuido de um funcionário, é o mais provável, e no tempo certo, aproveitou para sair, escapar pela porta da frente. A primeira coisa que fez foi beber. Os paramédicos sentiram forte cheiro de bebida no seu cadáver, me diz a psicóloga do luto com os modos possíveis.

Com que dinheiro, o filho da puta? – me perguntei quase admirado, e recuei destes sentimentos complicados... Acontece que poucos quarteirões depois da sua "partida", ainda surpreso com o sucesso do que estava fazendo, depois do seu golinho roubado, talvez, "bêbado de alegria", quem sabe, você parou, olhou em torno e não reconheceu mais este mundo: *"você caiu eu si"*.

Caiu no chão e acabou.

Tudo indica que morreu do coração, o pobrezinho – afirmou a psicóloga, terna e cientificamente. Da queda do seu corpo da altura dele mesmo, ficou-lhe um corte no rosto. Os óculos de grau foram recolhidos no atendimento e me serão devolvidos na entrada do necrotério.

Morreu como um pássaro que foge da gaiola e não sabe o que fazer da liberdade – eu disse, acho, ou pensei, não lembro.

4.

Aconteceu logo depois da última ditadura, agora eu sei, quando aqueles que apanhavam por qualquer motivo puderam confrontar os que batiam covardemente. Foi por pouco tempo, também, agora sabemos, a clareza, ou coragem, e a justiça entre nós. Lá estou eu de novo com essa dor nos ombros, repuxado para cima como elástico, pendurado na sua mão apressada. Estamos no centro da cidade em busca de um cartório, uma certidão complicada, uma prova de vida qualquer e tudo sobe reto em direção ao céu como almas penadas, dos prédios chovendo guimbas de cigarro, os carros cortam todos os caminhos em que tentamos prosseguir e a sua mão balança na altura do meu rosto, cobre a minha mão minúscula de cartilagem e nessa fricção com o seu couro duro, de onde os pelos saíam espetados, os ossos dos nódulos dos dedos e os tendões que faziam movimentar aquilo tudo como se fossem correias, barbantes encerados que esticavam e encurtavam...

Sim, você era grande, grandioso, mas estava decrescendo. Eu vi o sinal. Seu tempo tinha passado. Lembra que nessa época os seus amigos fardados já não se exibiam de uniforme pelo bairro – soldados encagaçados com as reviravoltas no estado de coisas, abandonavam as carcaças das fardas nas esquinas em que colaboravam e voltavam para casa como paisanos. Mas não adiantava. Muitos reconheciam os olhares de susto no fundo dos olhos deles. Culpa eu duvido que tivessem. Medo de apanhar, ou algo pior, sem dúvida. Fingiam. Mentiam. Dissimulavam. Insistiam na tarefa inútil de se disfarçar do que eram eles mesmos, as suas imundícies de colaborador, queriam se livrar dos diplomas de honra ao mérito distribuídos pela polícia, queimavam os documentos escondidos nos banheiros de suas residências, expeliam os dejetos pela descarga, amedrontados com o que saía de dentro deles e dos próprios vizinhos. Você mesmo andava mais em casa, lembra? Não saía tão excitado, apressado, perfumado e de banho tomado como se fosse a um show de tango, às sextas e sábados, para rir, beber e bater papo com os amigos, no bar e na décima oitava delegacia. Eu sei disso muito bem porque também da sua mão na minha cara eu me lembro. Da carícia e do respeito, da porrada e do desprezo dessa mesma mão, insuportável e invencível até o dia, este dia em que apareceu o homem. Eu imagino agora que precisaram muitos do seu tamanho e caráter para conter e abusar de um sujeito daquele tamanho, vocês todos, obesos, sedentários, miseráveis, ressentidos. Ou que ele fosse mais fraco, antigamente, quando você e os teus puseram as mãos tabagistas nele... A maioria nunca foi, nem seria, comunista, eu e você sabemos, porque com você, com os seus amigos naquele bairro de italianos obesos, esganados e fumantes, a questão nunca foi política. Não havia nível para isso. A bem dizer, tratava-se apenas de controlar aquela outra gente mais ou menos preta, estrangeira e pobre que começava a "invadir" o velho bairro, estrangeiros do norte que alugavam os cortiços e puxadinhos nos fundos das casas deles próprios. Nem todos eram policiais de verdade, embora passeassem de viatura e tivessem carteirinha da segurança pública. A maioria era como você, simpatizante. Informante. Chupa pau. Dedo-duro. O tal homem que nos veio pela frente, ele também tinha uma criança do lado dele. Também a segurava pela mão, mas a criança não parecia fazer esforço para alcançá-la. Tivemos tempo de notar, você mais assustado, eu mais surpreso, que éramos um reflexo muitíssimo pobre da figura deles, lembra? O que eu lembro muito bem é que de repente sua mão se acovardou, senti um repelão e um refluxo no meu braço e você já tinha me largado, como se precisasse daquela mão para se defender, ou pensasse em correr e fugir. O homem e a criança se aproximaram e nos paralisaram como se espirrassem veneno.

Preste atenção neste verme, meu filho...

O homem nos ignorava. Falava diretamente com a criança que trazia na ponta do seu braço, como se eu e você não existíssemos, ou fôssemos animais de vitrine, empalhados num meio ambiente de gesso. O homem apontou um dedo para mim e outro para você enquanto estávamos plantados no meio da calçada, quis arrancar nosso coração com as próprias mãos, se fosse possível, e disse para que muitos desconhecidos ao redor ouvissem: *ele pensa que é um herói do seu tempo, mas é apenas um covarde, desde sempre.*

Você tentou escapar de muitas maneiras, naquele dia. A primeira delas foi denegando quem era. Dizendo atropelado que não sabia, que não era consigo. Também não era a primeira vez que eu te ouvia dizer aquilo: "não é comigo", diante de uma responsabilidade a que fosse chamado. Você dizia que não se conhecia com uma insistência e uma falta de cerimônias que poderia convencer até uma psicóloga de luto dessas que nos colocam pela frente nos hospitais e necrotérios. Você era você. E eu e aquele homem sabíamos à nossa maneira, mas muito bem, aquilo que você era, já que preferia passar os finais de semana na delegacia, suado, bebendo pinga, de perfume vencido às três da manhã, dando porrada em gente amarrada com os braços para trás...

Baianada do caralho!

Por fim o homem ergueu aquela mão livre enorme, sem soltar a criança da outra, e você e eu – num reflexo da covardia que eu herdava, nós dois nos abaixamos juntos, numa coreografia perfeita, para receber o golpe...

Passou o tempo e o tal golpe não veio. Eu e você desentortamos. Com a mão erguida numa espécie de juramento, o homem lhe dirigiu a palavra pela única vez nesse dia.

Eu te amaldiçoo. E logo desapareceu na roda de estranhos.

Tudo não passa de um engano! Com licença... Partimos sem o problema resolvido, sem a certidão urgente. Como é de nossa estirpe, nem eu nem você falamos disso com a minha mãe, que nessa época ainda nos esperava em casa, sentada na cozinha, com sorriso no rosto, mas era visível que estava doente.

5.

Ainda se apura se a notícia é verdadeira, mas está sendo reproduzida nas redes sociais e em todos os televisores da recepção do hospital dos italianos e, se confirmada, junto com as eleições majoritárias do próximo domingo, será destaque nos programas jornalísticos de retrospectiva política e científica, no final deste ano: em plena Floresta Amazônica, escondida por várias gerações de mata cerrada, cipós antigos, madeira velha e folhas mortas, teria sido descoberta uma cidade inteira! A "cidade velha", como vem sendo chamada pelos antropólogos, militares e demais especialistas, foi desenterrada por máquinas e funcionários do governo que administravam a extração de minérios numa região de acesso quase impossível. Encontra-se em bom estado de conservação, dizem, provavelmente devido às camadas de sedimentos que a envolveram ao longo do tempo. E, segundo os relatos, realmente impressiona, nesta cidade escavada, a semelhança que ela, a cidade velha, tem com a maioria das nossas cidades atuais: desde o que se pode intuir do seu traçado urbano, com avenidas radiais e círculos concêntricos, até a arquitetura de suas praças, igrejas e monumentos oficiais. Pelo que se apuraria no suposto sítio arqueológico, ela era cercada por um conjunto de fortificações labirínticas, com cercas mais altas e portões mais grossos do que os nossos. Seus altares, proporcionalmente menores, parecem, no entanto, propor cultos mais elaborados do que os conduzidos em nossos templos conhecidos. É visível em algumas de suas residências preservadas que, embora menos confortáveis do que as nossas, eram adequadas à sua época. Seria, em proporção, uma cidade tão grande quanto a nossa poderia ser, mas subitamente acabou. Terminou como se tivesse desistido de viver, em silêncio e vazio completos, sem deixar maiores vestígios de sua desventura. E é justamente sobre isso que os antropólogos, militares, engenheiros e demais funcionários do governo trabalham dia e noite, debatendo, testando, avaliando, registrando em vídeo e catalogando o material coletado. Sobre eles, os especialistas, recai o peso de responder as perguntas que a população se faz com uma ansiedade e interesse incomuns nestes tempos, para um tema de caráter histórico-científico: que espécie de força destruiu tal cidade? Quem eram e por que os seus habitantes não conseguiram defender sua permanência? Que espécie de cultura produziam? A que vícios ou tentações sucumbiram? E, finalmente, que chance nós temos de alcançar tal estado de coisas?

6.

Então, quando a morte ocorre, não cessa apenas uma vida. Cessa toda uma experiência no mundo... E um ente jurídico também.

O ente jurídico em questão, pensei, respondia por uma aposentadoria mínima, um auxílio funeral, a bem dizer, dado aos velhos sem qualquer esperança justamente pelos governos mais ou menos socialistas que os velhos sem qualquer esperança tanto odiavam e mal pagava a cama do asilo à qual o titular devia permanecer amarrado esperando a morte, eu bem que podia ter dito, mas a psicóloga daquele turno, talvez "para minha sorte" especializada em lutos e nos seus desdobramentos, ela que fora encarregada do meu caso, o caso do meu pai no hospital dos italianos, ela me explicava com todos os requintes técnicos e burocráticos...

Lamentamos profundamente, mas são exigências do serviço funerário.

... que o fato de o falecido ter se soltado da cama, fugido aos controles do asilo, escapado pelo meio de todas aquelas grades para cair na rua da amargura do próprio bairro e aí precisar do socorro de estranhos, que isso, e "morrer a caminho do hospital", para todos os efeitos, que essa "situação em particular" poderia provocar algum atraso na liberação do corpo.

Eu não tenho tempo, gritei. E mantive mais uma expressão de dúvida do que de raiva, que eu tinha, com certeza. Lembrei à psicóloga de plantão, especializada que fosse, que o falecido já estava desenganado havia muitos e muitos anos, que tinha sido amarrado à cama de um asilo nos últimos seis meses por não prestar para se erguer sem tombar para a frente ou, quando se firmava, oscilando, se mijava todo, olhando através da gente, das paredes, ou pra dentro de si mesmo, cantando uma música calabresa que não existia para se esquecer do que tinha feito...

Praticamente morto ele já estava!

Mas não adiantava o meu diagnóstico a teu respeito. Eles querem ter o deles. Nem os paramédicos que trouxeram o corpo semimorto podiam se responsabilizar pela explicação do que tinha acontecido, também porque não tinham ideia de onde começava aquilo que tinha acontecido, e mesmo o médico que o atendeu no pronto-socorro dos italianos, que atestara por fim – mas verbalmente – a sua morte, ele só poderia assinar qualquer coisa depois de conversar com o médico do asilo em que você, o morto, estava... Como ninguém sabia de nada, ou tinha medo de se comprometer, o seu cadáver tinha que ser avaliado por uma autoridade policial e passar por autópsia no Serviço de Verificação de Óbitos.

Mas que transtorno, meu deus do céu! – foi o que eu pensei, acho. Mas logo a psicóloga está me olhando com reserva. Toma distância da minha pessoa, e me comunica que prontuários clínicos poderiam ser solicitados à "clínica de repouso", e dados antropométricos tomados do cadáver para complementar o laudo. Me lembrei de um velho amarrado à cama entre tantos outros velhos amarrados às camas, como fio-terra, pelo qual logo desceriam às sepulturas, e ri da psicóloga do luto. Por certo ela percebe o escárnio que se formou no canto da minha boca, num excesso de saliva. Fica magoada. Não é com o mesmo profissionalismo psicológico adocicado pelos cursos de treinamento, mas com esta crueza burocrática, que ela complementa: *são vários os órgãos de controle e de financiamento que precisam ser avisados, para as devidas baixas, para a verificação de responsabilidades.*

Ainda por cima era sexta-feira, daqui a pouco seria sábado e o espetáculo dos mortos em acidentes de moto e armas de fogo, em seu horário de maior público, estava em plena função no pronto-socorro.

Com sinceridade? Seu pai morreu no pior dia da semana...

Foi o que ela, a psicóloga, disse: de novo sem maior cuidado, na minha opinião. Duvidei que fosse a especialista que disse que era, mas guardei as minhas dúvidas para mim. E tendo já consumido "em esperas" algumas das minhas horas desde que a sua notícia me atingiu, eu ainda tinha que esperar um tanto mais para encerrar este nosso assunto, pelo visto.

Tenho uma viagem com a família, protestei. Havia mesmo um feriado pela frente, no começo da semana, e nada combinado até aquele momento, a bem dizer, mas a psicóloga do luto me desencorajou.

Lamentamos profundamente, a sua presença é fundamental para os trâmites de liberação.
Disse, aliás, que "eles" já tinham dado "andamento ao processo". Informado à polícia civil, antes de me informar, e ao Instituto Médico Legal, ambos estaduais, mas que tudo passava, ou parava, na oferta de ambulâncias, um serviço em que se sobrepunham as esferas federal e municipal, que tinha gargalos, estresses e momentos de pico.

Coordenar estes esforços, avisou a psicóloga, *poderia levar horas.*

Entendi que tantas exigências buscavam evitar que a quantidade de mortes violentas que acontecem entre nós no período que vai de sexta à noite até segunda de manhã congestionasse os serviços de saúde.

Do que vocês estão desconfiados?! Perguntei sem esconder a minha exaltação, irritação, não sei.

Não estamos desconfiados de nada, garantiu a psicóloga do luto, insistindo de maneira plácida, mas enfática, que eram "exigências legais", "indispensáveis e obrigatórias em todos os casos", e que até mesmo um hospital de italianos decrépitos feito esse era obrigado a comunicar aquele tipo de ocorrência, seguir os protocolos definidos pelas autoridades; a qualquer tempo, até o fim.

7.

Por falar em prontuário e protocolos, em mais uma dessas fatalidades que poderíamos ter evitado, você vendeu aquele carro que, poucos dias depois, envolveu-se num acidente na antiga estrada de Santos, lembra? Foi uma tragédia em que perderam a vida não apenas o motorista, comprador do veículo que nos pagara à vista, como também o resto de sua família, mulher e filhos, terminando desta maneira instantânea e estúpida a sua descendência. Tudo isso soubemos através de terceiros, supostamente mais amigos seus, ou nossos, do que deles, os abutres que nos trouxeram a notícia. Eram seus amigos da delegacia, sempre com informações privilegiadas sobre mortos e feridos. Sabíamos que havia algo errado com o automóvel desde o princípio. Havia um ruído estranho que subia das rodas enquanto giravam desconfiadas, reclamando a cada passo de si mesmas. Embora houvéssemos mencionado este fato e protestado por sua solução em cada uma das revisões obrigatórias, as benditas das rodas voltavam ruidosas e suspeitas do mesmo jeito. Os revendedores autorizados diziam que o problema fora resolvido. E lavavam as mãos sujas de graxa. Algumas vezes o barulho até desaparecia por um tempo, apenas para voltar mais agudo e insistente no momento seguinte. Os mecânicos nos enganavam e desenganavam sucessivamente. Eu e você sabemos que o defeito nunca foi consertado de verdade.

Um automóvel é uma segunda família – como se sabe. Difícil descartá-lo de uma hora para outra de nossa vida. E o ruído, embora incisivo, nunca desencadeou qualquer incidente conosco. Por isso e por aquilo e porque ficar alardeando estas coisas poderia desvalorizar o nosso patrimônio já escasso, deixamos de comunicar esse detalhe... O tal ruído... O "quase-defeito"... Quase que não era um defeito, afinal... Afinal, no entanto, aquele ruído, tudo indica, prenunciava a desgraça que acabou acontecendo. Segundo você explicou a mim e a minha mãe, que o acidente tenha ocorrido uma semana exata após o negócio fechado e a transferência da documentação, "diz tanto do azar do comprador como da nossa sorte". Parece que foi uma roda que se soltou. Do lado esquerdo, o seu, do motorista, segundo testemunhas. Provavelmente "um defeito de fabricação", um perito civil ousou adiantar-se, prevendo um processo contra a marca.

Também pode ter sido problema com o motorista – você ponderou quando nos contaram.

Errar é humano, não é mesmo?

Mas nem os que se diziam "testemunhas oculares da ocorrência" podiam confirmar o que nós em casa suspeitávamos. Um produto ruim, bichado, era o que você tinha passado para frente. E o carro pertencia agora, então, ao comprador. E ele pagara à vista, tornando-se de imediato o proprietário do veículo, para todos os defeitos. Ele e sua pobre família, pessoas cumpridoras dos deveres, por certo, e que infelizmente desapareceram na estrada velha Santos--São Paulo sem deixar vestígios do sobrenome.

8.

As senhas, cuja tradição remonta a séculos entre nós, variam, como é sabido, de acordo com a gravidade dos problemas. Podem ser contaminadas por outras formas de influência ou significado político-partidário, mas é possível afirmar que, normalmente, as vermelhas são fornecidas para os casos de extrema urgência, os praticamente perdidos também, na linha fina da vida com a morte, os muito velhos e combalidos para seguir com a manada; as senhas amarelas são destinadas àqueles que têm alguma esperança de saírem vivos da internação, embora ainda tenham muito a sofrer até serem salvos, e, por fim, as senhas verdes, para quem vai sobreviver, por certo, mas são aqueles que devem amargar longa e tediosa espera pelo atendimento, por serem os seus casos considerados insignificantes pelo corpo clínico. Em tempos mais recentes, foram introduzidas inúmeras cores de senha, como as de cor preta, por exemplo, destinadas aos acompanhantes de casos graves;

depois delas, as marrons são oferecidas aos acompanhantes de pacientes com senhas amarelas; enquanto as senhas brancas e bege são direcionadas aos parentes e amigos dos pacientes de pouca gravidade, retidos indefinidamente. De fato, sempre houve pouco espaço e muito tempo de sofrimento para organizar em nossos hospitais. Naquele momento, o *rush* dos acidentados havia diminuído, pelo menos. Aqui e ali famílias se reuniam em torno de suas doenças crônicas. Agrupavam-se com as suas dores e lamentos. Exibiam, não sem orgulho, seus exames de sangue, de fezes e urina, os seus índices de densitometria óssea, testes ergométricos, seus raios X e ultrassonografias da pélvis, joelhos e carótidas, colhidas de vários ângulos e ao longo de muito tempo, tudo para acompanhar a evolução da sua doença, o que faziam com carinho e desvelo em meio a tanta ignorância e brutalidade

Chega a ser bonito.

De todo modo, muito daquilo também era burrice e desolação, mas elas não apareciam nos exames ambulatoriais. Infelicidade e frustração eram doenças comuns, mas sua terapêutica não constava dos manuais de ensino nas nossas escolas de medicina.

É triste...

... e nesse momento, de repente, a bem dizer, o dia mal nos sai por um lado (o lado de cima do bairro, onde estão montados os prédios de quatro quartos) e a noite já entra pelo outro: a janela de vidro da sala de espera do hospital dos italianos vai do chão ao teto e está virada para a degradação da baixada, aberta para os ventos de corrosão que vêm da praia, planície fuliginosa de fábricas e de máquinas ultrapassadas, onde pilhas de caixas de aço armazenam peças de ferro torneadas uma a uma para serem idênticas, latões de lixo e de rejeitos misturados, os carros dos últimos engenheiros estacionados em desarranjo e os vaga-lumes dos cigarros que os operários chupam entediados de repetir o que estão fazendo, e que vão continuar a fazer hoje noite adentro, por certo, e amanhã à luz de todo o dia, e no ano que vem, se tiverem sorte de estarem empregados nisso.

Não é bonito, nem triste: é cômodo.

Numa cadeira próxima, uma mulher contrariada com o meu comentário em voz alta, talvez, ela me dá as costas e finge que está mexendo no telefone. Dedilha com languidez a tela cheia de dados, mensagens e informações. Não lê nada até o fim, noto. Então se levanta para falar algo em segredo com o seu aparelho, usa a mão para abafar todo o resto. A nossa sorte, ou azar, é que reina este silêncio, e que por cima de tudo aquilo – dos vidros da sala de espera do hospital dos italianos – há uma película azul-marinho que defende os pacientes do sol durante o dia, e a mim e à mulher ao telefone de ver a degradação circundante à claridade da lua, dos automóveis e das luzes de mercúrio. Esta película transmuta a paisagem do vale puído num colorido faiscante, monocromático, mas intenso, viciado e triste, de filme primitivo. É colante, azul-marinho, mas sob o tempo e sem a devida manutenção periódica, se vê, está soltando nos cantos das esquadrias, formando orelhas desagradáveis e deixando uma mancha encardida no vidro.

Feio mesmo.

Eu falo de tudo aquilo, e não de um detalhe em particular, mas também não insisto em explicações com a estranha. Por nada deste mundo quero incomodar quem quer que seja, mas o vidro não é de todo transparente, está ficando cada vez mais escuro e como é repetido em nossas práticas privadas e projetos de governo: na liberdade em que prezamos viver, ninguém é obrigado a observar nos outros os detalhes infelizes do que não quer ver em si mesmo..

"Democracia" é o nome disso, acho...

As luzes que se movem e param e se movem no congestionamento da avenida que desce para a favela ao lado da Ford.com são como a pele de uma cobra torturada que se contorce em chamas. Os ônibus ainda estão lotados, os rostos esmagados contra os vidros fechados. Tudo sua sem trégua, na obscuridade. Os pedestres-operários apressados em poucas horas vão estar de volta ao mesmo lugar, andando em círculos.

Está ouvindo?

Nada. A mulher ao telefone não está mais ali, se afastou na direção da cafeteria. Vejo seu casaco comprido dobrar uma esquina azulejada. Fico sozinho. Nisso uma ardência me sobe pelas costelas e garganta num refluxo ácido. Engulo aquilo. Decido ligar, eu também. Para casa, dar satisfações do que tem me acontecido. A rede de internet do hospital é ruim. A linha do meu telefone teima em sumir da palma da minha mão. É possível que essas antenas que ocupam os terrenos alugados nos fundos do hospital sejam responsáveis por isso.

Merda!

Lembro da propaganda agressiva que uma operadora de telefonia faz contra a outra e entendo que aquela porcaria toda pode muito bem ser coisa de concorrência entre elas: *estamos todos uns contra os outros!*

Falo sozinho, e me calo, com vergonha. Penso que essas antenas não podem fazer bem aos doentes, também. Então rio outra vez, já que você está morto e não vai se preocupar com isso, por certo. Um velho surge se arrastando como quem quer viver a qualquer custo, mas precisa de ajuda, então sou eu quem se vira para o lado oposto. Engoli o meu riso, também, mas já era tarde, acho. Quase aliviado, consigo capturar uma linha, uma conexão tênue, insegura, mas teclo o número de casa. Demoram a responder. Estão todos entupidos de telas e fones de ouvido, por certo. É o menino mais velho quem me atende. E fica quieto. Não sabe lidar com aparelhos sem imagens. Há barulhos do outro lado: são latidos, tiros, bombas...

Um tumulto com a polícia, papai. Munição não letal, acho. O Ringo está impossível!

Sugeri que fechasse as janelas, para que o gás dos distúrbios não entrasse pelo apartamento, nem atiçasse os instintos destrutivos do nosso cachorro. O mais velho, educado com maior interesse e paciência por ter sido uma novidade, ele reclama de estar sendo perseguido pelo professor de

História e de Geografia por causa das constantes mudanças dos mapas, dos oceanos.

Isso não vai acabar nunca, papai?

Expliquei o que eu sabia, que tudo se mexia neste mundo, sim, e nem sempre para lugar melhor.

Veja onde nós viemos parar, querido!

Nisso o menino mais novo arrancou o telefone da mão do irmão. Criado mais solto, largado, a bem dizer, arisco e indignado, ele mistura egoísmo e preguiça ao terro do desconhecido exibido pelo outro, o mais velho: *cadê o vô?*

Sim, ele perguntou de você, meu pai...

Está morto.

Eu respondi em cheio, de imediato, para que nem ele nem o irmão tivessem maior curiosidade sobre o seu, o nosso passado.

Onde está a mãe de vocês?

O meu menino mais novo me largou no telefone e foi se consultar com a mãe dele, que, por estar no banheiro, não podia me atender, mandou dizer. As bombas e os tiros continuavam estourando, porém mais espaçados, agora. O cachorro fica em silêncio.

Liberaram a avenida aí embaixo, você já pode vir pra casa, papai.

O mais velho está de volta ao telefone. Era sobre isso e aquilo que eu queria falar com a mãe deles, dar uma satisfação qualquer, saber se estamos vivos, afinal, talvez combinar uma viagem impossível para o próximo feriado prolongado...

Ela não pode falar agora, está passando creme.
De novo o caçula. E me lembro da mãe dele nua, úmida, cabelos molhados, de pernas abertas apoiadas na bacia da privada, passando creme hidratante na parte interna das coxas brancas, indo e vindo com as mãos engraxadas para perto da boceta peluda, minha conhecida, a tatuagem da bunda se mexendo que nem desenho animado naquele balanço que eu vejo bem de cima, quando a pego apertado pelas alças das ancas feito...
... *Vaca, cadela, gostosa...*
Cento e oitenta reais o frasco de duzentos mililitros daquilo em três vezes sem juros no cartão.
Hoje era dia de meter, eu acho – penso no preço disso, no desperdício. Voltam os latidos de Ringo.
Peça para ela falar comigo, vá.
Desligo pior do que liguei, eu acho. Resta comigo este princípio de ereção.

9.

Neste tempo nós moramos todos amontoados naquele sobrado perto da fábrica de parafusos, você lembra, pai? Minha irmã foi concebida naquele segundo andar, por certo, já que nesta época ainda ouvíamos o arfar de minha mãe em seus dias férteis, você por cima dela, por cima dela, por cima dela no escuro de nosso quarto comunitário – e para que os parafusos saíssem brilhantes e limpos da linha de produção ali ao lado, cujas máquinas batiam próximo das paredes de casa, dentro do nosso quarto, a bem dizer, eles usavam aqueles óleos e petróleos engrossados com ácidos sulfúricos, cujos rejeitos dispensavam na sarjeta na calada da noite, ejaculações envenenadas que ao longo dos anos foram percorrendo as beiradas das vielas, corroendo as guias e calçadas de todo o bairro, nossas bolas de futebol, barcos de madeira, bonecas loiras e demais brinquedos de plástico que pousássemos ali, por distração. Os velhos pneus galvanizados dos poucos caminhões de entrega que apareciam também podiam ser prejudicados, e a nossa força de vontade, eu acho, tinha sido atingida em cheio por estas emanações penetrantes.

Nada mudava. Ninguém fazia nada, até hoje.

Era um cheiro adocicado no princípio, mas que queimava os olhos e a garganta, feito gás de guerra, feito a maconha barata vendida em cubos na porta da escola, o rebotalho prensado com amoníaco que comprávamos para fumar e nos esquecer de quem éramos e do lugar onde vivíamos.

Comecei aos treze anos. Antes de meter eu já chupava o meu cigarro, recordei comigo. Você andava sumido, eu só não sabia os porquês, mas verdades acabam aparecendo aqui e ali, escapando das costuras. Digo tudo isso porque, sem ter lugar melhor aonde ir, eu voltava para a sua, a nossa casa, desde a escola neste dia de semana de minha lembrança – talvez um pouco fumado, gaseado da fumaça dos transportes, quando o carro dos "seus sócios" se aproxima pelas minhas costas. Chega batendo lata e me assusta. Escorrega pela guia em marcha lenta. Apaga o sol. Um deles dirige e o outro está com meio corpo para fora, bate com a mão espalmada na porta: *aí, rapaz?*

Onde é que você fez amigos como esses? Disseram teu nome. O que dirigia.

Você não é filho dele?

Eu era, sou a tua cara, o que eu podia fazer? Não respondi.

Não me fale com estranhos na rua!

Minha mãe pressentia qualquer coisa, a própria doença que a faria esquecer de tudo, e me lembrava todo dia disso, num lugar em que, a bem dizer, poucos se interessavam em conhecer o que quer que seja, ou mesmo se conhecer, e muitos tinham aspecto e hábito incomuns, anormais, ilegais, imorais, doentios...

Lembra?

Havia inúmeros portadores de síndrome de Down, alguns em idade avançada, velhos-crianças brincando nas sarjetas esburacadas, aprendendo com os maduros a atirar nas lâmpadas de mercúrio da rua, e se dizia que isso acontecia porque o tipo de italianos que nós éramos tinha preguiça de procurar mulheres e homens fora das próprias famílias do mesmo sangue.

Nasciam imprestáveis, abobalhados e violentos.

Éramos brancos, amarelos e negros, todos meio índios, mais ou menos mancos, tortos, rasos e obscuros, mas aqueles homens queriam você, só não tinham o seu, o nosso endereço, e embora eu não respondesse aos seus sócios estranhos naquele momento, conforme a minha mãe ordenava, eles foram me seguindo bem devagarinho, iam aonde eu fosse, dando voltas e revoltas comigo no velho bairro, e por mais que eu disfarçasse o meu caminho, ziguezagueasse de rumo ou me desviasse pelas travessas infinitas, o meu mundo era pequeno e limitado, acabei sentindo fome, cansaço, infelicidade e eles terminaram por descobrir onde estávamos vivendo.

Boa tarde!

Aproveitam para entrar na nossa casa junto comigo. Largam o carro na calçada, sem trancar, sem medo. Passam na minha frente e empurram a porta do quintal como se fossem muito cavalheiros, me esperando entrar, pra virem logo em seguida.

O que você me aprontou desta vez?

Nessa época se lavava fralda na mão e todas as mães cheiravam a estábulo. Ela vem do tanque de roupas exalando fedor e apontando um dedo inquisidor em minha direção. Minha mãe pensa que o problema é comigo, que os homens na sua cozinha são da polícia, do juizado de menores ou coisa parecida, que vêm para me entregar e humilhá-la, como faziam com a mãe dela, a respeito dos irmãos. Ela sempre esperou o pior de cada um de nós, da família em particular e dos homens brasileiros em geral, com razão. Chora. Tinha casado jovem, parado de receber salário desde então, sem jamais gozar de férias remuneradas ou descanso semanal e com o trabalho redobrado pelos rastros que nós, os membros de sua família, deixávamos no mundo, nas fraldas...

Mas se eu me separar dele vou viver do quê?

Era a desculpa que ela se dava para a covardia que pais, maridos, padres e pastores lhe enfiaram pela goela desta vida e que a paralisava desde menina.

A gente só quer o nosso dinheiro.

Minha mãe jura que eles, os seus dois sócios, estão armados, mas acho que ela já estava doente, vendo coisas por você.

O dinheiro deixa as pessoas loucas, meus filhos! – você não perdia a oportunidade de nos dizer, e com grande experiência. Segundo sua teoria, o dinheiro, em qualquer quantidade, causava, causa as piores ofensas. Não importa se um homem é enganado por uma nota de dez falsa que lhe dá o taxista, ou se é passado para trás em um negócio de milhões. Você mesmo sofria mentalmente o dinheiro, penetrava a carne do seu espírito e o transtornava. O seu próprio casamento não teria funcionado porque não havia dinheiro suficiente para esta "experiência"... Não é, era esta a sua análise econômica das nossas coisas?

O dinheiro é um valor em si mesmo – você me respondia, certo de que sabia do que falava, enquanto colecionava fracassos e títulos de protesto. Entendemos que o caso desses dois era que você ia abrir um negócio de fachada com eles, que explorariam uma parte ilegal nos fundos. Era para ser simples – pouco investimento e rápido retorno, mas as despesas com as suas ideias incríveis e iniciativas empresariais foram crescendo, até que você desaparecera por completo, com o dinheiro do aluguel, da reforma, dos móveis...

Seu marido sofre de mania de grandeza, senhora.

Nisso eles estavam certos: você não tinha habilidade, iniciativa ou caráter para as práticas da vida. As dificuldades da nossa classe de gente, mesmo as do tipo inferior de italianos que éramos, elas tinham que aparecer quase prontas, meio que resolvidas, para você sobreviver.

Eu não sei do que vocês estão falando...

Minha mãe insistia em interpretar mal um papel ruim, e denegava as suas culpas e desculpas. Todos sabíamos que os seus, os nossos problemas eram reais, embora não soubéssemos do que se tratava, exatamente, a sua incompetência, ambição, loucura, rapina...

Dinheiro. Só queremos o dinheiro que ele pegou da gente.

O dinheiro também era um valor para eles. E disseram que iam esperar que você chegasse. E esperaram. Comeram bolo de laranja. Esperaram. Minha mãe fez café. Então se cansaram, disseram que iam, mas prometeram que voltavam, te quebrar a cara, te dar uma lição.

Ele bem que merece...

Concordávamos todos. Então você fez amigos na polícia, ou estes já eram os homens da lei, os torturadores de subúrbio, e se perdoaram entre vocês. A promessa, de todo modo, não foi cumprida. A lição não foi dada, nem aprendida – de qualquer maneira.

10.

Consideraram o tamanho da sua ficha, a idade do seu convênio, a extensão dos seus males físicos e mentais, talvez. Pode ser que tivessem mais detalhes do que eu e você sobre quem você mesmo foi, é, sei lá... Você é velho e doente há muito tempo. Também podem ter reparado nesse tipo degenerado de italianos que somos, na circunstância um tanto desagradável da sua morte – era estúpida, mas não chegava a despertar suspeita. Afinal, o último ato do seu teatro tinha acontecido à luz do dia, à vista de outros mais vivos e em plena rua da amargura do velho bairro. A queda de um saco de batata no chão a ponto de se ferir com os ferros dos próprios óculos. Cai de cara no cimento da calçada, sem reação de se proteger. Morto, no caminho, a bem dizer. Pode ser que fosse apenas um gesto de boa vontade com essa minha condição recente de órfão, vai saber, mas o negócio é que me autorizaram a ver o seu corpo. Penso só então no que eu veria, no que eu não tinha visto. Penso que não tinha pensado nisso, curiosamente, e reagi de imediato.

Como assim?

Não queria qualquer responsabilidade de atestar o que quer que fosse em seu nome, conhecia muito bem a sua carteira de títulos no cartório e não seria seu fiador em nada! A funcionária, essa que tinha o mesmo uniforme da segurança, que se confundia, me confundia com o uniforme da recepção, ela me explicou que não havia qualquer responsabilidade médica ou policial ou pericial ou financeira envolvida naquilo, bastava eu dizer que o cadáver que eles tinham guardado na gaveta do necrotério era o seu, que não havia nada de assustador no caso, na sua aparência, exceto por esse pequenino ferimento no supercílio, produto de sua queda frouxa, os óculos...

Se o senhor desejar, a nossa instituição pode mandar contratar em seu nome os profissionais mais categorizados na maquiagem de cadáveres em nosso estado – parcelamos o saldo, aceitamos cartões de crédito, emitimos boleto bancário para qualquer dia do mês.

Agora eu penso que, neste seu fim aqui, você se desesperou, sim. Pulou das amarras da cama, se esgueirou pelas grades da gaiola daquele asilo fedorento para tentar escapar do inescapável, daquilo que está grudado em você, aquilo que você fez, foi, é, sei lá...

Não, obrigado.

Desesperou e fugiu, foi isso, mas era tarde demais pra desistir do tipo de gente, de italianos que você e eu somos, essa é que é a verdade. Entendi isso neste, naquele momento, e que teria que me haver com essa origem indigente e precária, mais tarde.

Enquanto a autoridade policial não vem, o senhor poderia reconhecer o corpo?

Então é disso que se trata, de um procedimento burocrático. A psicóloga de luto daquele turno tinha me prevenido sobre estes incômodos, eu lembro.

Por gentileza...

Mas esta não é a psicóloga especializada em luto. Era apenas uma mensageira de uniforme encarregada de me prestar um serviço, não o auxílio da compreensão.

Talvez o turno da minha psicóloga especializada tenha terminado e ela possa se dedicar aos seus próprios problemas, pensei – de todo modo, era mesmo necessário iniciar os trâmites do seu banimento do mundo dos vivos, meu pai, e que começássemos logo a trabalhar no que fosse preciso para dar conta deste processo desgostoso, mas urgente, desimpedir a mim e a você dessa nossa situação de purgatório em que nos encontramos, isso também me agradava.

A você não?

Fico feliz ao colocar esta roda em movimento. Não escondo. E, como não era mesmo mais a psicóloga de luto com quem eu estava lidando, ela que por sua especialização podia entender o súbito vaivém da minha exaltação, a confusão de emoção com memória que acomete nestes casos, não sei, eu tornei a me sentir recriminado por ela, por essa funcionária também, reprimido pelos modos circunspectos treinados na frente do espelho e pelo olhar molhado e cheio de afetação fúnebre da parte dela.

Vamos logo com isso, pedi e me ergui de súbito naquela sala de espera envidralhada, um tanto irritadiço, acho, mas também com toda a educação.

Por gentileza...

E, quando eu concordei, saímos por uma porta camuflada que se abriu na decoração com um clique, nos metemos prédio adentro, avançando por corredores em suas entranhas concretadas, escadarias encardidas, corrimãos empoeirados de cimento, descemos àquele bastidor desorganizado e repulsivo – a bem dizer, assustador, em se tratando das exigências mínimas de higiene de uma unidade de saúde –, atravessamos áreas restritas a médicos, fornecedores e funcionários, e a impressão não melhorou, fios e conduítes estavam pendurados na alvenaria inacabada, expostos como órgãos amputados na bacia de uma sala cirúrgica, equipamentos foram instalados sem qualquer critério técnico, quanto mais capricho ou zelo, como se não fizessem parte do mesmo cenário hospitalar que os clientes veem do outro lado, quando buscam consolo para as suas dores.

Estamos em obras para melhor servi-lo.

Era questão para o futuro, e de acreditar nos anúncios e nas placas penduradas pela administração do velho hospital dos italianos. O necrotério deles propriamente dito fica às costas do hospital, ou melhor, virado de costas para ele de propósito e com tudo instalado de maneira a evitar que

quaisquer movimentos dos mortos, de seus parentes deprimidos e agentes funerários, que eles jamais colidam com a passagem prioritária dos vivos, de seus casos, interesses vitais e urgentes, de suas visitas apressadas em continuar, sua certeza inabalável de existir.
Ninguém gostou, gosta ou gostaria de estar aqui, por certo.
Até o elevador tem essas duas portas que se abrem para lados opostos do edifício: o lado da vida, pleno de ruídos, da gritaria dolorosa dos doentes, de talheres de comida batendo nos pratos das dietas, de energia sendo consumida sem interrupção, e o lado da morte, com este silêncio de pedra entre mim e ela, por exemplo, a funcionária treinada para me levar circunspecta por esses intestinos pintados com tinta plástica na pedra, cujo cheiro higiênico e nitroquímico que se desprende me violenta as narinas.
Se pudéssemos evitar o que somos, seríamos um deserto, não é mesmo?
Enquanto caminhamos, são inúmeras as sombras que partem dos nossos corpos – meu e dela, e giram em harmonia pelas paredes. Noto que há uma sombra para cada uma das luzes frias, penduradas no teto como espadas.
O que o senhor disse?
Continuaremos descendo até onde, meu Deus?
Nada, não disse nada.
Uma escada termina onde a outra começa, sem descanso para os joelhos. Nem o poço do elevador chega tão fundo como fomos e ali está o seu endereço: *mais baixo do que isso, só o inferno!*

Divido a piada, o meu riso, e já me condeno. Fico me remoendo, arrependido com o que digo na frente de uma estranha.

Nunca converse com eles, meu filho!

Não é sem alívio que chegamos ao nosso destino, no último degrau do subsolo do velho hospital dos italianos. Digo isso porque a funcionária da recepção, da segurança, não sei, ela também não esconde a pressa em me apresentar a outro funcionário do seu turno, transferindo-lhe a responsabilidade, sacudindo, a bem dizer, o rabo de alegria em se ver livre de mim e deste seu, nosso caso de morte.

Cadela...

Eu não a culpo.

11.

O melhor churrasco do mundo é o do animal que acabou de morrer na ponta da sua faca – afirmam os especialistas. Depois do trabalho duro e da excitação da matança, nada como temperar a carne fresca, ainda quente e trêmula, a bem dizer, macia feito carne viva, vermelha, sem aquela palidez doentia e o *rigor mortis* desses bichos pendurados nas vitrines dos frigoríficos, vendidos como mercadoria de primeira.

Não!

O sal e o limão e o alecrim a penetrar os membros amputados, os músculos estirados em bandejas para salgar, os ossos jogados na água a ferventar para o caldo, a gordura úmida pingando na grelha...

Tudo se aproveita!

... O sangue vai ser recolhido numa bacia de alumínio, como um líquido precioso, para o preparo dos embutidos, o couro vai ser frito até estourar e ficar crocante, a banha raspada com a colher e recolhida em tachos, os pelos encravados cortados por barbeadores descartáveis, os dentes extraídos com alicate para os brinquedos e colares dos meninos e meninas...

Quer mais um pedaço?

Das vísceras expostas ainda escapa uma fumaça diáfana, veja, como se a alma se esvaísse para o céu por ali; o fígado rubro e gorduroso, feito raridade, repousa num prato só dele; os intestinos todos desfiados numa travessa branca vão embrulhar linguiça. O sangue foi drenado até o fim, mas suja os pratos limpos sem que sejam tocados, misteriosamente. E a poeira do carvão que assenta nos detalhes dos talheres. Também é uma festa, é bom dizer. Os seus amigos e as nossas famílias estão reunidos ali para matar e beber. Sempre que combinam entre eles essa coisa de matar, vocês bebem. Trazem a nós, as mulheres e os seus filhos, para ensinar. Bebem e matam e dão lições sobre caça numa cidade sem árvores ou praças, quanto mais as florestas e animais selvagens que imaginam, mas estamos excitados com aquilo que está acontecendo, por certo. As crianças mais do que as mulheres, é visível.

Beba, moleque!

A propósito, bebemos álcool desde sempre. Somos ensinados por nossos antepassados e muito cedo, com o auxílio de conta-gotas, de colherinhas de chá, de sopa, misturadas ao leite materno, ao soro fisiológico, ao suco de frutas, em copinhos de plástico, vidrinhos coloridos, você lembra disso?

E vocês também nunca foram presos por uma coisa dessas!
O porco está amarrado num poste, junto ao cepo. Não é um animal pequeno. Uma mesa manca e molhada com o sangue de gerações e gerações de porcos e galinhas decapitados foi posta no centro do cenário. O tampo apodrecido deste móvel contrasta com o brilho duro do jogo de facas que ali repousa. O animal cheira este cheiro sinistro que lhe paira acima da cabeça, mas não suspeita deste cepo, destas facas enfileiradas, nem dessas bacias de alumínio todas limpas e à mão. Pasta tranquilo sob a mesa. No começo deste evento, neste dia de férias, sob o sol de um quase dezembro, eu lembro do espírito de Natal, o porco é meio que deixado de lado, parece até mesmo desprezado pelos convidados ali presentes, mas a verdade é que ele está sendo apenas evitado, e "ostensivamente evitado", a bem dizer: prestes a se tornar cadáver, ele é o sujeito oculto de todas as conversas.

Hoje é a sua vez, meu filho.

Eu já sabia. E que há um método, uma ordem ou um rito, acho, neste ato todo de matarmos o porco, entre vocês, se eu me lembro bem... E um manejo adequado, também, se não me engano, para evitar que os venenos das glândulas do próprio bicho morto amarguem com tudo, num golpe mortal para o evento daquele dia, mas vocês entendem disso, claro que eu sei, e brindam ao que vão matar e comer.

Saúde! Tem que ser rápido e certeiro. Só isso.

Como se fosse fácil. Você pega uma faca daquelas e aponta pra mim. A faca que você escolheu tem uma lâmina estreita e comprida. É como uma espada, mas reta.

Cada faca tem um propósito.
Você deixa cair a faca de ponta na terra. Fica espetada como um desafio para mim. Eu faço menção de correr para a barra da saia da minha mãe. Nesta altura, o porco parece entender que tem algo a ver com o que vai acontecer e se agita, se enrosca no pé da mesa. Procuro por cumplicidade, mas minha mãe sempre foi covarde ao seu lado, como eu.

Seja homem!
Alheio aos humores e temores do porco e meus, você junta as suas patas e lhe dá um tombo de costas. Faz barulho no cimento.

Vai menino!
Logo as patas traseiras estão amarradas com um fio encapado. Torce, prende. O porco começa a gritar um grito rouco, que em pouco tempo se torna humano, um choro.

Mas o que é mesmo que eu tenho que fazer?
Erguendo a pata dianteira esquerda do porco, você põe o dedo perto da axila dele, esprime os dedos entre as suas costelas.

Matar!
Encosto a ponta da faca onde você manda. Sinto a movimentação da carne viva na ponta da faca. Os gritos de súplica do porco variam de tom e intensidade. Faz parecer gente.

Vai, menino, mata!
Você o agarra. Agora o animal chora com a certeza de quem vai morrer para o churrasco. Impossível que não

perceba a salivação e este bafo de morte que o circunda, e a nós todos. Eu ainda hesito. A esta altura, todos, talvez até mesmo o porco, queriam que eu agisse depressa, e por uma questão de humanidade terminasse logo com aquela excitação, sofrimento, não sei.
Meu Deus! Meu Deus!
Você é hábil nesta época. A sua mão é jovem, e assustadora, e sedosa e ela pousa sobre a minha no cabo da faca, a faca é comprida, e reta como uma espada, um espeto...
Entra e sai! Lembra, filho?
Juntos, você e eu comprimimos a faca. É comprida como uma espada, mas dura um instante. Uma espetada só, entre as costelas, na direção do centro, e para baixo, para acertar em cheio, revirar a faca lá dentro para se certificar, então puxar, tudo isso muito, muito rápido. Entra e sai. Um furo só no peito e pronto.
Já foi?
O porco entra num silêncio vidrado, no mesmo susto paralisante que me colheu, só que alertado por você eu volto do transe, e ele, o porco, já está morto, praticamente, e como que murcha em nossas mãos.
Parabéns.
Instado por você, meu pai, eu ergo a faca. Mostro que fiz aos céus e aos seus amigos.
Agora sim eu sou um homem – penso, sem saber o que fazer daquilo. Em torno começa como um sopro, ou suspiro de alívio, não sei, mas logo se torna uma gritaria abundante, uma gargalhada espalhafatosa, agressiva, esta

vibração aterrorizante que brota do nada diante do cadáver do porco e contagia a todos os convidados, homens, mulheres e crianças. Acabou o sacrifício, o churrasco pode começar. Esses bichos mortos aparecem em diversas fotografias Polaroids dessa época, feito selfies primitivas. Sempre nós e ele. Nós e o porco.

Morreu do coração, coitado.

12.

Meus pêsames.

O funcionário apresenta-se pesaroso e circunspecto, solenemente, e reconheço nisso o manual de etiqueta e treinamento de boa conduta adotado pelo hospital. Diante daquilo eu me mantenho indiferente como antes, afinal de contas eu fora apenas transferido para uma nova sala de espera, mais desagradável, sem atrativos, asséptica e muito menor do que a anterior, cavada nas profundezas da terra contaminada do velho bairro, sem janelas nem decoração, poltronas de couro gastas e o teto baixo quase a me roçar os cabelos, percebe-se logo que é área de serviço destinada àqueles que não tinham mesmo por que nutrir esperanças.

Eu sou o responsável pelo necrotério.

Ouço, mas não o vejo. Demoro a encontrá-lo, o funcionário. Ele fala escondido através de um guichê de vidro embutido na parede – um círculo recortado no centro, como se, mais do que um depósito de mortos, o porão do falido hospital dos italianos fosse o cofre, ou o caixa de pagamentos da empresa médica.

A sua senha?

A recepcionista, segurança, a funcionária da superfície, que se encarregara de mim até ali já tinha desaparecido, por certo que tinha subido a um meio ambiente menos insalubre e sufocante do que aquele, que sensivelmente afugentava o que era vivo. Tiro do bolso a minha senha expressa, amassada, vermelha. Desamasso sem jeito e passo o papel ao funcionário.

Um momento, por favor.

A luz é pouca, fria, da energia mais barata. Inspira dor de cabeça. Uma porta de aparência maciça comunica o lado interno do guichê com a saleta onde eu estou, tem uma cobertura de metal polido, brilhante, que lembra de maneira incômoda a higiene ostensiva dos balcões de açougue. A peça é robusta como se fosse blindada e se abre com um estrondo, por dentro, pelo funcionário que digita um código secreto. De quem eles têm medo?

Entre.

A porta pula do batente. Entrar eu entro, mas não avanço muito. É uma sala de trabalho precária, mais um corredor que foi reaproveitado para escritório, a bem dizer, com uma mesa de madeira estreita, quase infantil, onde o funcionário que falou comigo se equilibra numa cadeira desproporcional. Tenho que dar a volta espremido à porta para que ela possa nos trancar. Um quadro de avisos de moléstias, epidemias e campanhas de vacinas, um papel que ensina o jeito certo de lavar as mãos: por baixo, por cima, entre os dedos, sob as unhas. O funcionário veste um jaleco de tecido azul, vejo que é um desses tecidos duros, descartáveis, que o material o incomoda, e ainda a máscara do mesmo tecido áspero e quase plástico agarrada ao rosto, como o simulacro de um médico. Com dificuldade ele localiza uma cadeira entre mim e a lateral da mesa. É ali que eu me sento. Vamos conversar de lado. É cansativo para o pescoço de ambos. Batemos os joelhos. Uma, duas vezes.

Desculpe.

O funcionário do necrotério baixa a máscara, me diz que as instalações são provisórias, que o hospital dos italianos estava se preparando para "ampliações", pretendiam instalar móveis novos naquela área, uma pequena praça de alimentação, caixas eletrônicos, exaustores, entretenimento on-line.

Onde? Quando? Como assim?

Não sou de questionar ninguém em seu serviço, mas observo em torno e nada indica que houvesse alguma transformação em andamento. Ao contrário. Faltava espaço, empenho, sentia-se o tempo emperrado. Fico surpreso. E comento que o que eu sei é que o hospital dos italianos é uma empresa médica deficitária, à beira da falência, a bem dizer, com os dias contados, por certo, já que tem por clientes apenas gente velha, que depende de ser sustentada por algum parente ou benemerência pública, um sistema previdenciário e financeiro inviável, esgotado pela quantidade enorme de inadimplentes, ameaçando a continuidade do próprio atendimento de saúde a velhos e doentes crônicos e imprestáveis, mas cada vez mais necessitados, como você e os seus, meu pai...

Quer saber?

Não sei se por força do que eu digo, da minha certeza, ou indiferença quanto àquilo que se passava comigo, com você, o funcionário parece desistir de tentar interpretar bem o papel do bom funcionário, passando logo a concordar comigo e atacar o seu emprego, o salário, as más condições correntes e até mesmo os colegas de trabalho, por incompetências, desmandos e corrupções variadas.

É um inferno mesmo, aqui embaixo.

Se diz técnico em laboratório com experiência anterior, e não esta espécie de agente funerário em que é transformado nos finais de semana, mas que as sucessivas demissões de funcionários de plantão têm obrigado os empregados remanescentes a cobrir turnos e folgas e funções de vários outros, expelidos da cadeia produtiva, e para muitas dessas funções não estão devidamente qualificados ou recebem treinamento.

Nós, por exemplo.

Ele afirma que o primeiro encontro de alguém com o corpo morto de um parente ou amigo pode ser um tanto doloroso, ou desagregador, ou repugnante mesmo, e que muitos são os maridos e esposas, pais e filhos e amantes que entram em surto psicótico bem ali, diante dele, ameaçando a sua integridade física e a do próprio corpo morto, com arroubos passionais.

Não comigo – eu o tranquilizo, mas ele segue sem me ouvir, reclamando que os seus conhecimentos de "psicologia do luto" são precários para esta função, e os de química e de biologia, que são muito bons, eles são inúteis; que não o deixem trabalhar com os reagentes adequados às fezes e urina dos pacientes vivos, que não possa recolher e observar o sangue desperdiçado nas noites de sábado do pronto-socorro dos italianos, isso também o deixa triste.

Somos todos mal utilizados neste país de incapacitados – ele conclui. E eu, e você, e todos os italianos e brasileiros concordamos.

Nestes tempos eu pouco saio daqui – continua. E afirma que é devido a que muitos e muitos morriam ultimamente. Que demos para morrer feito moscas. Morrem mais os mais jovens e produtivos, os mais rentáveis. Morrem de tudo. Morrem de febre amarela, de tifo, de tédio, com tiros, facadas, pobreza de espírito, gripe, em acidentes automobilísticos espetaculares, muitos mais do que o pronto-socorro lá em cima consegue recuperar.

E, quando recupera, a fisioterapia é pior do que a morte.

É o que dizem. Eu e ele, o funcionário do necrotério, nós entendemos que a manutenção da vida humana causa grande transtorno e é mesmo um enorme prejuízo aos cofres públicos.

Mais de um milhão de mortos a cada ano, só entre nós. A cada dia que passa, sete pessoas perdem a vida em latrocínios, 136 pessoas são estupradas e 169 assassinadas...

Pergunto do que morre a maioria, e são múltiplas as fraturas, falências de órgãos, depressão, perfurações, lacerações, desengano já na adolescência, desemprego, manchas no fígado, nos pulmões, nos intestinos.

Já os outros, quanto mais velhos, menos querem morrer.

Não deixa de ser curioso, penso nessa hora, e talvez seja mesmo deprimente, manifestação maior de um egoísmo hereditário, a bem dizer, que aqueles que mais viveram entre os nossos sobreviventes, os que mais poderiam ensinar o que quer que fosse – saber se retirar depois de muito velhos, por exemplo –, que sejam eles mesmos, vocês, doentes hepáticos, reumáticos e cardíacos os que insistem em permanecer, continuar...

Este vai virar pó – eu o interrompo: *optei pela cremação.*

13.

Teve um dia que começou a brotar aquela água suja na parede do seu quarto com a minha mãe: *lembra?*

Nascia numa dobra escondida perto do teto e descia lavando sem parar. Era uma água encardida e a minha mãe não saciava a sede de enxugar. Ela passava pano pra secar, colocava copos pra colher o que se podia recuperar, os copos viraram baldes, os baldes eram despejados em bacias, mas os copos, os baldes e as bacias não venciam a pingação que acontecia. Era menos que uma gota de uma vez, mas que inchava com as outras que escorriam por cima das primeiras e assim por diante das que vinham depois, sem chance de alguma ser a última a rolar. Rolavam pra nos assustar. Era uma garoa antiga que chovia. Parecia que chorava. Um fio brilhante rastejando sem parada. A coisa seguia um curso discriminado até abrir uma rachadura, assim como se fosse desabar numa parede de água que tudo fosse levar. A mãe lixava e limpava até os calos das mãos, pintava mais de umas vezes com uma bendita de uma dedicação, usava areia e cimento nas frinchas das rachaduras, mas a maldita da parede do sobrado em reação criava vida de novo! Molhava, pingava, chorava. Chorava como se tivesse uma asa quebrada, uma pata cortada, uma costela partida. Não era bonito. Por causa dessa umidade que penetrava em tudo com a força da sua acidez, já dava pra ver as armações das traves e as redes das estruturas mais ocultas da nossa construção! O teto que nos protegia tinha ficado frágil, vulnerável e ameaçava cair por cima. E tudo isso começou a derreter junto com essa água esquisita. Era uma só gota constante. Depois uma molhação insistente. Uma transpiração angustiante. Umas tantas lágrimas e muita, muita água que não aparecia nas contas do mês, embora cobrasse o seu preço. Sabíamos que a questão era mais profunda. Alguém disse que era necessário meter a marreta, cavoucar as feridas, remover até o fim as pás de pus que deixamos supurar. *Era preciso curetar, drenar e impermeabilizar de vez!*

Tinha os que asseguravam que só derrubando mesmo, que seria preciso botar tudo no chão, para que do velho solo revoltado pudesse nascer alguma coisa que prestasse e não ficasse chorando desse jeito como uma criança ranheta.

Era uma água...

Eu lembro daquela água inocente que lacrimejava sem parada, numa confusão de compromissos com sentimentos, ou ressentimentos, sei lá... O que eu sei é que vocês deviam ter tomado providências com a sua casa de família, antes que a enchente que se formou com o tempo nos levasse pra isso aonde fomos... Se fosse no começo, talvez desse pra fazer alguma coisa diferente disso que somos, mas agora...

14.

Também sobra para o funcionário contratado como técnico de laboratório – esse que responde como folguista pelo necrotério do hospital dos italianos – preencher a papelada que os médicos do pronto-socorro e do convênio não preenchiam. Os médicos alegam pressa, sono, que para sobreviver eles têm que correr desembestados de um plantão para o outro nos extremos mais distantes da cidade (o hospital dos italianos, decadente e deficitário, por certo não é o lugar que melhor os remunera), mas, segundo o técnico do necrotério, o que acontece na verdade, o que ao fim e ao cabo os impede de preencher a guia de encaminhamento de cadáveres do programa de aprimoramento das informações de mortalidade, obrigatória, é que eles, os doutores formados nas escolas de medicina do governo, eles simplesmente não cumprem a obrigação – não por pressa ou cansaço, legítimos e esperados num país pobre e carente de médicos como o nosso, a exigir demais deles, mas, ao contrário, é por pura preguiça que eles não o fazem, é por desprezo aos dados, também, e principalmente por ignorância da língua pátria e incapacidade de articulação.

Ganham pouco. Associam mal as ideias. Têm péssima redação.

Para o folguista do necrotério, estava claro e eu tendia a concordar com ele que, não fossem eles próprios, os profissionais de nível médio, os técnicos de laboratório e de análises clínicas e aqueles outros funcionários dos níveis mais inferiores – e não superiores, como se pode pensar! –, isto é, não fossem algumas enfermeiras, instrumentadores, recepcionistas, cozinheiras, seguranças, operadores de raios X, empregados da área de manutenção e até mesmo os auxiliares de serviços gerais, não fosse por essa gente submissa e cumpridora dos seus contratos, muitos deles migrantes estrangeiros, aliás, o hospital dos italianos simplesmente ia emperrar, entrar em total imobilidade, para depois cair em total degradação, a bem dizer.

Entropia.

Há décadas, segundo este funcionário do necrotério, os hospitais – e nisso ele parece incluir os públicos e privados – funcionam sem qualquer diretiva maior, sem qualquer plano de gestão que lhes permita evoluir, aprender com as más experiências e se desenvolver.

Não, senhor!

O funcionário folguista do necrotério insiste que é estupendo que o serviço médico local ainda esteja ativo, operando milagres, a bem dizer – o que se deve ao fato de que são os próprios empregados, ele e os demais alocados nos níveis mais baixos da hierarquia, são eles que se encarregavam de "tocar o negócio", manter a empresa de portas abertas para o atendimento da população. A instituição, a empresa médica operava acéfala fazia muito tempo, e entendeu-se que assim é que ela funcionava melhor.

Um homem sem trabalho não vale nada, exceto se ele for acionista, investidor, rentista...

A guia de encaminhamento de cadáveres, sob controle do programa de aprimoramento das informações de mortalidade, foi introduzida no serviço de saúde nacional para entendermos por que, quando e como nos matamos tanto, além de auxiliar o trabalho dos poucos legistas do serviço de verificação de óbitos, que iam, eles sim, e sempre assoberbadíssimos, em plantões de 24 por 36 horas, abrir os cadáveres que houvesse para encontrar a possível causa da morte de cada um de nós.

E muitas vezes o resultado é indefinido!

Coitados desses empregados, eu pensei, mas não era de externar minhas penas ou juízos diante de estranhos. Nem ficava bem. Afinal, eu sou aquele de quem se deve ter pena, não o contrário. Não sou eu que preciso ser compreensivo, mas entendi, desde logo, a contrariedade do técnico de laboratório naquele momento. Era ele, homem de escolaridade de nível médio – e não universitário, ou superior, como os médicos do convênio ou do pronto-socorro, como exigia o preenchimento oficial da guia –, quem tinha que correr para cima e para baixo no hospital dos italianos atrás do histórico do desastre ou da doença do paciente falecido, das informações científicas envolvidas em sua morte, bem como anotar os remédios, suas quantidades (que finalmente se mostraram inúteis), as diversas práticas médicas adotadas etc., respondendo, irresponsavelmente, a bem dizer, aos campos designados pelo Estado na referida guia, tudo sem a devida precisão, qualificação, quanto mais experiência.

Via laranja para o Serviço Nacional de Verificação de Óbitos. Via verde para o Serviço Funerário e a via vermelha para a família do morto... Aqui está.

À visão daqueles pedaços de papel em cores, cada cor separada por seu destino, uma, duas, três vezes, pequeninas montanhas deles, imagino uma infinidade de corredores de estantes de cima a baixo e de lado a lado. Prédios inteiros disso. Nossos arquivos públicos estão recheados de arquivos de mortos, espremidos em fichários, reduzidos a certidões e atestados.

Fazer o quê?

Não é feito para funcionar, aliás; ou melhor, é feito para não funcionar, o empregado médio me explica: *é só para receber, arquivar e esconder, não para consultar, pesquisar e entender, que nós produzimos as nossas estatísticas.*

Claro que tudo isso também podia ser feito num simples formulário eletrônico instalado dentro de um computador brasileiro, mas os formulários não carregam direito, a internet local é ruim, não é possível salvar os dados e as melhores máquinas foram queimadas nos picos de energia recorrentes em nosso sistema elétrico.

Veja: nosso gerador só é acionado para o suprimento de eletricidade da geladeira e do centro cirúrgico.

Reclamo do tempo de espera e da inutilidade de tudo isso, já que estamos falando de quem e do que morreu, mas, para minha surpresa, o funcionário técnico de laboratório e folguista de necrotério, ele defende com veemência o suposto rigor da papelada, a burrice da burocracia, as vias coloridas acumuladas, estatísticas desperdiçadas e a perda de tempo generalizada como necessárias à verdadeira prática da justiça, já que nos matamos muito uns aos outros, de fato, que isso nos ocorre mais do que a chamada "morte natural", e que esses crimes, todos esses assassinatos que nos põem na parte de cima das piores estatísticas internacionais, eles são cometidos em casa, nas casas de família e de repouso, em especial contra os mais velhos, no que parece uma guerra de ódios permanente e cujos autores dessas violências eram, via de regra, majoritariamente, a bem dizer, os parentes mais próximos e os supostos amigos dos idosos. São esses criminosos que, detendo informações privilegiadas sobre o futuro do outro, a pouca vida do moribundo, a futura vítima, resolvem tomar-lhes o que têm.

Dinheiro... Para que dinheiro, então? – me pergunta, se pergunta o técnico, como se falasse desses mortos arquivados nas geladeiras do necrotério, às nossas costas. Pensei em pedir para que se calasse, que eu não estava para filosofias e reivindicações, mas nem para isso tive coragem. Ele aproveita para acrescentar que, apesar da sua decadência como classe, como entidade profissional – a medicina tinha se amesquinhado e se aburguesado, simultaneamente, segundo ele –, ainda assim os médicos detêm poderes excepcionais entre nós, e se comportam como se fossem uma espécie de casta superior, administradores da vida e da morte, e que são realmente muito unidos...

Uma classe unida em excesso, eu diria – ele disse, e, esnobe, acrescentou. São conhecidos os seus "erros médicos", mas apenas entre eles, já que os pacientes e os seus acompanhantes são todos mantidos na ignorância dos fatos e das verdades científicas, muitas vezes através de explicações mirabolantes, religiosas. É uma corporação que se acoberta nos piores erros de tratamento e pratica os maiores assassinatos em nome da "evolução" da ciência, além de ser a classe dos médicos aquela em que se encontram os maiores moralistas, os piores políticos e ideias totalitárias, bem como os grandes viciados em drogas e no álcool.

Verdade – eu digo, um tanto constrangido, mas logo em seguida ele me insulta, pergunta, acho, um tanto firme demais, talvez: *e o senhor tem algum palpite sobre a natureza do óbito?*

Fico em silêncio, preocupado com a responsabilidade do que pode ser dito; me acovardo: *chamo a sua atenção para o fato de que a causa da morte é a doença ou lesão básica que conduziram à morte, ou as circunstâncias que produziram a lesão fatal...*

Ele insiste...

Velhice, por certo! – eu digo, penso. Ao técnico de laboratório de necrotério, eu digo que você tinha ficado velho demais, que os seus órgãos estavam falidos e que já fazia muito tempo isso. Parte importante do que tinha lhe acontecido você mesmo não sabia, não quis saber, outra parte importante de nossas intimidades foram vividas em equidistância, no mais eu tinha me esquecido ou já não me interessava. Não fosse a vitória de um animal do seu gosto para a Presidência da República na eleição que se avizinhava, alguém que faria, fará os mais civilizados morderem a língua em lamento, eu diria que o seu tempo tinha acabado: *estava mais morto do que vivo...*

Depois ele pediu o seu endereço e eu dei o endereço do asil... Isto é, da "clínica de repouso". A sua idade eu tinha esquecido e ele ficou de procurar.

Escolaridade?

Eu respondi que não; que, se você tivesse estudado um pouco mais, entendido um pouco de qualquer coisa, não tinha ficado nesta merda de bairro, de mundo que está deixando.

Ocupação?

Aí é que está: *auxiliar de torturador? Ganso? Mas isso depois de se aposentar como estelionatário e abusador de mulheres.*

Em caso de acidente por queda, informar o tipo...

Caiu da altura do corpo, de acordo com os paramédicos.

E eu me perguntei em silêncio, neste momento: *do seu próprio tamanho, sentia vertigem ou sufocação?*

Sobre a sua condição ao chegar ao pronto-socorro, repeti o que ouvi da psicóloga, que era a pior possível, se já não estivesse morto. O funcionário sugeriu que esquecêssemos desta parte, que, se ele escrevesse aquilo, tudo o que era demorado ainda ia esperar muito mais. Concordei em omitir os detalhes reveladores da verdade. O funcionário do necrotério me devolveu seus óculos amassados e sujos de sangue dentro de um saco plástico. Eu assinei esse e outros recibos atestando gastos que eu nunca vi, nem sei se foram feitos, ou se merecíamos aquilo. Ele fingiu que escreveu tudo o que estávamos dizendo, acho, já que os médicos assinam sem ler, e o arquivo arquiva sem registrar. Achado conforme, dou fé, amém.

Agora o senhor já pode ter com ele.

15.

Você deveria ter comido menos massa fresca nas cantinas engorduradas, pedido menos pizza de bacon e batata frita pelo telefone, acumulado menos farinha branca nessas veias. A carne vermelha que tanto o excitava, o colesterol da pele de galinha estorricada e o sal grosso por tempero não lhe fizeram bem ao coração, por certo (órgão que nos mata a todos, em família) – sem falar dos rins, que sofreram com as suas impurezas ao longo da vida inteira. A propósito disso, aliás, você deveria ter bebido menos daquele vinho barato no inverno e um litro a mais de água fresca que fosse, no verão; deveria ter usado máscara contra a poluição, vacina contra gripe, cuidado do catarro, fumado menos maços de cigarros sem filtro, tomado mais comprimidos de vitamina D, e o sol da manhã não lhe teria feito mal à saúde, também; menos picles azedo, tremoços e cebola curtida, banha de porco na barriga, margarina no pão da chapa, café curto e doce de leite e orégano com linguiça e pimenta calabresa moída e tudo isso em quantidades que, empilhadas, poderiam atingir os picos mais altos!...

Pimenta gruda no intestino que é uma beleza e não sai mais – eu pensei, ou disse, não sei.

Venha comigo... – ele falou, pediu, ou mandou também, eu mesmo tinha até me esquecido do funcionário técnico, mais ou menos sério e um tanto mal-humorado, que se dizia mal utilizado, ou inutilizado nos bastidores do hospital dos italianos.

Cada um com os seus problemas – eu pensava enquanto pensava nele. Tinha já os meus contratempos. Queria voltar pra casa, viajar pra qualquer lugar no feriado, talvez, evitar este entrecho burocrático... E, apesar do desprezo que o tal técnico de laboratório tinha manifestado por aquela empresa médica e por sua indefensável condição de folguista, ele me guiou com bastante desenvoltura e familiaridade pelo necrotério, dobrando aqui e ali da maneira resoluta de quem conhece muito bem o endereço, o seu local de trabalho, a bem dizer, cumprimentando com certa jovialidade até os outros funcionários, técnicos como ele e alguns mais subalternos – o que eu intuía a partir de uma obscura hierarquia de cores nas golas e mangas dos uniformes e de uma ênfase variável nas sílabas das mesmas palavras que trocavam entre eles...

Boa noite. Boa, noite. Boa. Noite... – é o que nós desejamos uns aos outros ao nos cruzarmos como estranhos no corredor, feito caminhássemos no interior de um hotel antigo, num corredor de espelhos após uma festa no salão de hóspedes e não neste necrotério, entre paredes de azulejo, mortos encarquilhados e funcionários ressentidos e sub-remunerados de um velho hospital de aposentados, mais ou menos estrangeiros, decadentes e deficitários por todos os lados. Naquele momento, não há como não concordar: realmente o espaço subterrâneo do necrotério do hospital dos italianos não convida a bons pensamentos, à precisão dos cuidados técnicos e à higiene da ciência bioquímica que ele, o folguista, tanto aprecia e para o qual os estudos o prepararam, mas convida sim à putrefação do que é irremediavelmente perdido, ao pranto inútil dos dependentes vivos, aos seus arroubos de paixões desesperadas e violentas, como ele mesmo, o funcionário do necrotério tinha dito que era possível.

É possível que ele tenha sofrido algum ataque? Eu não perguntei. Eram catacumbas forradas desse azulejo azul, deprimentemente azul, como o da fard... isto é, do uniforme do técnico folguista. A iluminação era quente, mas não era boa, era baça, amarelada. Fios desencapados escapavam de buracos obscuros junto ao teto. Ninguém reclamava, ou queria enxergar mais do que aquilo. No piso, a passadeira de borracha cinzenta anunciava nossos passos com os ruídos dos sapatos grudados que se desprendiam e que eram como ganidos agudos de um bicho histérico: "oinc-oinc-oinc".

Lembra do porco com a faca espetada debaixo do braço, meu pai?

E logo os corredores atarracados e curtos se interligavam por outros iguais aos primeiros por portas de mola que se abrem e fecham às nossas costas, ventando, raspando no chão, uivando e gemendo.

É para ficar hermeticamente fechado, aproveitarmos bem o ar gelado dos mortos – disse o empregado, técnico. Ele parecia ter sido muito bem treinado para a função do necrotério, embora negasse o preparo, mas eu não tratei deste assunto – de aparência profissional, mas privado – com ele, o técnico em posição de folguista, por não ser eu a provocar polêmicas com quem eu mal conheço, afinal: *nunca com estranhos, hein, menino!*

Havia macas estacionadas nos dois lados do caminho com o que pareciam pequenas pilhas de corpos recém-mortos em cada uma delas, todos em posição de valete e cobertos por lençóis, mas que, por serem curtos ou desarrumados, deixavam entrever aqui e ali uma incômoda mão ou um incômodo pé – pelo que o funcionário do necrotério se desculpa de imediato, mas de passagem, que assim fosse, reiterando que às sextas-feiras e aos sábados de madrugada era sempre insuportável e impossível de dar conta de todo o trabalho no pronto-socorro do hospital, que faltavam equipamentos e empregados em quantidade nos vários departamentos, da recepção à expedição, da tomografia ao raio X, da clínica geral à pediatria, na cirurgia de emergência, no diagnóstico correto da ortopedia e até no necrotério o problema se refletia: faltavam macas e lençóis, luvas e aventais e vagas nas geladeiras, elas todas superlotadas com o tanto de cadáveres e de membros decepados em nossos horários de pico de assaltos e desastres automobilísticos.

Você deveria "sonhar menos", também, como disseram a mim e à minha mãe aqueles seus dois amigos, ou inimigos, não sei.

Então ele parou de repente. E mesmo depois de todas as respostas que eu dera ao tal empregado folguista para o preenchimento da guia de encaminhamento do seu cadáver, meu pai, ele ainda parou de repente para me perguntar "quem era você, afinal".

Bem: como é que eu vou dizer tudo o que eu sei de uma só vez?...
Acho que eu pensei, mas, antes que respondesse, ou que esclarecesse melhor a pergunta que ele me fazia, respondeu ele próprio, dizendo (justo a mim!) que você devia ser "muito importante mesmo", já que, apesar do dia infeliz de sua morte, dos finais de semana devastadores (momento em que perecem os jovens produtivos e não velhos imprestáveis) – que, apesar do dia infeliz de sua morte, você, de todo modo, recebera do hospital dos italianos um "tratamento diferenciado". O velho hospital tinha lhe destinado como bônus um "lugar de respeito" "e adequado".

Uma gaveta só dele, acrescentou o funcionário do necrotério, e tendo dito uma coisa dessas ele se virou para o lado, para uma parede de alumínio que se inclinava para a frente na sala em que chegávamos e de súbito lhe puxou da tal gaveta, sem me avisar, de forma que aí está você agora, meio congelado, meio que apodrecendo numa posição bíblica e melodramática. Nu e encarquilhado como veio ao mundo.

Olá.
Eu só tive essa reação estúpida de conversar consigo. Cumprimentei-o assim..

Por cima do seu cadáver, a bem dizer. Procuro pelos seus olhos. São buracos secos e duros de se ver, meu pai: um deles, inteiro, mas vazio, lembra os olhos das estátuas de igreja. O outro ficou torto nas órbitas, cavoucado na queda pelos óculos. Eu me lembro dos óculos dentro do saco de plástico dentro do meu bolso, mas não mexo nele. Sua boca também terminou aberta – e lá dentro da moldura dos seus lábios ressecados eu posso ver que os dentes estão cerrados, provavelmente do medo do desconhecido que foi encontrá-lo.

Rigidez cadavérica: acúmulo de cálcio nos músculos. Após 48 horas isso passa, tudo cede.

Pelo aspecto externo desses seus membros encolhidos (as mãos e os pés curvos para dentro como garras), no gesto em que lhe paralisaram os braços descoloridos por cima da cabeça ralada (anêmicas asas em súplica), dá para ver que você morreu em posição de pânico, defendendo-se de alguma coisa que veio, por fim, em sua direção.

Tudo passa, é verdade – concordei, e me lembrei da época em que eu sonhava perder você, torcia que você passasse, que morresse num desastre de automóvel no final de semana, ou do coração, numa sessão de espancamento lá na décima oitava delegacia, para eu ficar com a minha mãezinha só para mim... As enormes áreas de escaras nos seus cotovelos significam que você também não aguentava mais ficar deitado.

São as chamadas úlceras de decúbito...

Você tinha mesmo aquele refluxo amargo do estômago, do que reclamava desde moço, eu lembro, e por certo que tinha também o receio de que agora, depois de velho, fosse confundido com um "zumbi" e enterrado antes do tempo, tão depauperado você andava. Você se agarrou à vida nas portas do inferno, esticou-se no batente para não entrar, mas aí está. Saiba que os cabelos da sua cabeça, aqueles que você se esmerava tanto em cuidar nas tardes de sexta-feira, eles encaneceram e se transformaram nesta palha quebradiça. A careca opaca, escamada. A pele lhe caiu sobre os ossos do corpo como uma roupa esgarçada, os pelos de uma última barba aparecem como espetos, pontas de palitos de dente enfiados de dentro para fora da sua bochecha.

Muita gente acredita que as unhas e os cabelos continuam crescendo nos cadáveres, mas isto não é verdade.

Pela primeira vez eu olhei na direção das suas unhas e notei que, de tão grandes, tinham se enrolado nelas mesmas na ponta mumificada dos dedos, seu porco!

Oinc-oinc-oic... Pensei que pelo dinheiro que você pagava no asil... isto é, na tal "clínica de repouso", eles bem que deveriam lhe aparar as unhas, pelo menos.

Entenda: não é que os pelos do corpo e as unhas continuam crescendo, mas a carne do rosto, do couro cabeludo e da ponta dos dedos que se encolhe depois da morte – diz o técnico do laboratório com a certeza e afetação de quem se utiliza daquilo para o que se preparara.

Sim, senhor...

A mim mesmo desagradou um tanto que ele falasse daquela maneira, mais assertiva, supostamente científica, comigo, quando ele na verdade falava dele próprio, dos seus "altos conhecimentos" aprendidos numa escola técnica qualquer, me ensinando "alguma coisa" num momento inadequado para aprendizados, para dizer o mínimo, já que eu tenho um luto próprio para lidar...

Hoje em dia se acredita que a maioria das doenças dos mais velhos tem origem na falta de uso do cérebro. Eu não duvido, no seu caso. Você só abria um livro para confirmar o que lhe passava pela cabeça; preferia mudar de casa, ou de camisa, a mudar de ideia, lembra-se?

Na sua bunda, nos seus rins, na sua nuca e onde quer que você esteve deitado, o sangue pisado se juntou em poças, mas de maneira irregular: pontos pretos numa seara encarnada.

É você quem está morto, não eu – pensei de novo. E ri outra vez. Ri gostoso daquilo, sem pensar. Ri de nervoso também: do que, de como eu próprio seria, sentiria ali, na minha hora. Ri um tanto de pensar isso de mim e um tanto de você, que me parece um boneco de borracha, a esta altura. O técnico do necrotério estranhou, acho, e eu senti vontade de explicar qualquer coisa sobre este riso triste, a bem dizer.

Senti um pouco de vergonha, desculpe – eu disse, mas não me explicava nada.

É como se eu estivesse me vendo ali, insisti e ri, para me arrepender imediatamente de rir e de insistir no que havia dito ao técnico.

Nós precisamos de uma muda de roupa para vestir o cadáver do seu pai. As roupas que ele tinha no corpo foram inutilizadas no atendimen...

Não deixo o "funcionário do necrotério" acabar de falar. Digo logo que entendo, que vou providenciar as tais roupas e depois fico contrariado de pensar que eu vou ter que ir buscar as tais roupas na "casa de repouso" que eu não visitava havia anos... Tento me concentrar no seu cadáver encolhido na gaveta para não gargalhar com todos esses eufemismos que nos acompanham, te acompanham ao morrer. Vejo uma mancha verde que se irradia de sua barriga: *isso é tudo?*

Eu pergunto por perguntar, mas, entendendo alguma outra coisa, sei lá, o folguista técnico, desculpando-se por estar "tomando nosso tempo", e antes que eu possa impedi-lo, ele nos deixa a sós.

16.

A nossa relação com o chamado "mundo do trabalho e da produção"; a concepção desenvolvida no seio de nossa família sobre a produção e o trabalho em geral – e o trabalho físico em particular –, visão de aparência amoral, mas na verdade imoral e quase delituosa, essa visão desagradável, a bem dizer, que constituímos entre nós, ela tem muito a ver, eu penso, com o fato de eu, nós, termos começado com aqueles pequenos golpes em coitados um pouco mais pobres do que nós...

Bom dia/tarde, senhora...

O desprezo por qualquer esforço físico, e pelo resultado de qualquer esforço físico, a supremacia de uma ideia, independentemente de ela ser razoável, exequível ou não, de ela ser danosa ou não (o trabalho manual associado ao retardo mental, à sujeira mais abjeta) – este "vício-preguiça", a bem dizer, que você nos transmitiu a todos, teve seu início, por certo, quando estreamos no mercado de trabalho do modo escuso que o fizemos, trapaceando com aqueles mais desqualificados, os mais ignorantes e os mais inocentes das periferias da nossa cidade, tomando-lhes as poucas economias que tinham em casa com o nosso tristemente célebre "golpe do encanador", lembra-se?

Como vai, senhora?

Parávamos aquele seu, aquele nosso fatídico carro assassino, numa esquina de um bairro mesquinho e miserável como o nosso, mas do outro lado da cidade – isso para que não corrêssemos o risco de atacarmos algum amigo, conhecido ou sermos reconhecidos por vizinhos e parentes enquanto praticávamos o nosso ato criminal. Eu descia daquele veículo vestindo meu macacãozinho cinza com a marca do Serviço de Aprendizagem Industrial no bolso, portando a nossa mala de ferramentas azul grande numa das mãos, o que me entortava totalmente para o lado em que ela estava e, a bem dizer, "arrastando" assim aquela mala azul, eu avançava pelas ruas e vielas daqueles bairros em tudo semelhantes ao meu – eu ofegava e andava e a minha dificuldade em carregar a mala de metal fazia parte do nosso espetáculo – com a minha estatura limitada, espinhas de puberdade nas bochechas bexiguentas e feições ainda tardias de criança, eu apertava as campainhas uma a uma, repetidas vezes, até que alguém tivesse coragem de atender (temiam a própria sombra).

Você me seguia à distância...

Eram mulheres sozinhas, esmagadas por pesos invisíveis, abandonadas por maridos que partiam em viagens, fugiam para outros matrimônios, entravam na cadeia, todas elas visível e horrendamente infelizes como você e a sua mulher, a minha mãe, nós.

A senhora não precisa dos serviços de um encanador?

Veja bem: quem não tem um parafuso solto, uma torneira que respinga, um chuveiro gelado, uma calha suja de terra, atulhada de folhas, uma telha quebrada aqui, ali, uma goteira antiga perto da cabeceira da cama, uma mancha no teto da sala, um encanamento entupido no banheiro, registros que assobiam, paredes que choram, algum mau cheiro difuso que sobe dos ralos em certos horários...

O que pode ser isso? – eu dizia, perguntava, não sei.

O que quer que seja, nós podemos resolver!

Essa era a hora em que você aparecia: com a voz de veludo, a falsa cortesia e a entonação típica da propaganda barata, que, como a religião, ainda hoje faz tanto sucesso entre essa gente. Todos nós temos, e tínhamos qualquer problema de manutenção em casa de fato, por mais que cuidássemos delas. Eram residências dos programas do governo, feitas de material ruim, em projetos arquitetônicos irresponsáveis de quem jamais moraria nelas, e essas mulheres largadas dentro delas, essas donas dessas casas, elas nos deixavam entrar sem grande resistência ou desconfiança, as pobres coitadas, para que aí, tendo invadido o seu território, pudéssemos "encenar" o primeiro ato de nossa tragicomédia.

O orçamento é sem compromisso, senhora...

Invadíamos, sim, a bem dizer, aquelas casas, com a desculpa e a presunção de que fazíamos "diagnósticos de problemas hidráulicos", quando, na verdade, o que fazíamos era uma avaliação de patrimônio, uma investigação sobre a possibilidade de haver algum dinheiro guardado, a economia da vida daquela gente, e sobre estes recursos e valores é que nós agíamos.

É melhor prevenir do que remediar.

Você sabia convencer do que não podia entregar. Você era capaz de ver a coisa pronta, imaginá-la e descrevê-la sabendo que jamais seria alcançada. E, quando acontecia de a casa não ter nenhum problema, cabia a nós inventá-los, para consertar e cobrar.

Você auscultava os canos internados nas paredes, as estruturas ocultas dos tetos e o coração das caixas de gordura com ares de doutor especialista em circulação sanguínea, mas emitia sempre o mesmo parecer, quer estivesse inspecionando uma privada, o sifão de uma pia ou caixa-d'água de quinhentos litros: quebrar, quebrar.

Vai ter que quebrar pra ver a gravidade da sua situação, senhora.

Assim, depois de desesperarmos estas mulheres infelizes sobre os encanamentos de suas casas, quando nós as aterrorizamos com as calhas e telhas a ponto de temerem por sua própria segurança e a de suas famílias (por mais disfuncionais que fossem), elas aceitavam o orçamento que dávamos, e que você baseava no estado das coisas miseráveis que estavam mais ou menos à vista.

Vai custar 2 mil, mas tem desconto.

Você usava palavras caras aos pobres coitados. Tirava algum dinheiro do seu lado do orçamento e dividia em duas vezes. Pedia metade para começar o serviço imediatamente, dadas as "situações de risco" envolvidas. Elas adiantavam cinquenta por cento, cem por cento certas de que faríamos o que tínhamos combinado.

Só que não.

Para mim, que ganhava pá e picareta nesta hora, a ordem era a mesma: quebrar, quebrar.

Eu quebrava sem parar, quebrava até feliz!

Em minha juventude entre vocês, com toda a energia potencial disruptiva dessa fase, eu tinha boa disposição – era quase uma "vocação", a bem dizer, para aquele serviço.

Malditos, malditas...

Você me mandava botar abaixo, rebaixar o piso, fustigar os tacos, o cimento e as profundezas que eu encontrasse. E eu espancava e cavoucava o chão que houvesse sem vergonha e cheio de raiva adolescente, raiva de saber, raiva de não saber, raiva de ser virgem, batendo porrada, picaretada e pazada no chão, até que dali emergissem fedores mais horrendos, a argila mais obscura, as manilhas mais antigas, entre outras peças subterrâneas de nossa arqueologia.

Malditas, malditos... – espancava e cavoucava a terra morta dos bairros pobres com a força e a burrice da idade que eu tinha naquela época, e, no final da tarde daquele mesmo dia, essas mulheres desgraçadas como a minha mãe, vendo as suas casas semidestruídas por mim, por nós, o chão de suas salas e quartos rebaixados em meio metro, a poeira e o cascalho cobrindo tudo, a comida crocante nas nossas gargantas, tossindo todo o tempo, elas sempre aceitavam o seu orçamento, aceitavam o que você pedia e, aterrorizadas, como sabemos, elas não hesitavam, pagavam até de bom grado a metade do serviço, dinheiros que saíam de contas bancárias falidas e deficitárias, de ridículas aposentadorias por alguma invalidez, de bolsos escondidos em armários...

Obrigado e até amanhã, senhora...

Mas nós nunca mais voltávamos para acabar o serviço.

17.

Dou um passo na direção do seu cadáver, aí, com estes braços esvoaçados de morcego. Fico de olho no seu tórax; se está imóvel mesmo. Meço. Está? É graças a Deus? *É certo que você está mais morto do que vivo* – constato de novo. Ao mesmo tempo eu duvido que você vai ter sossego onde quer que seja, esteja, penso preocupado, com receio de mim próprio, sua cepa, quando for a minha vez.

O fato é que há muito tempo não ficávamos tão perto um do outro assim como estamos agora, meu pai, consigo morto – falei, pronto. E aqui, por cima do seu cadáver, eu digo: *e até agora estou correndo, a bem dizer...*

Eu saí correndo de nossa casa desde cedo, você sabe. Saí correndo para fora e para longe de nossa esfera de influência, para o outro lado de nós todos assim que pude. Não tivesse partido dessa forma, de qualquer jeito, mas logo, não tivesse deixado com sucesso – praticamente na adolescência, a bem dizer – a nossa casa neste velho bairro de linchadores, e eu teria sucumbido. Teria sucumbido à fuligem do ar viciado, aos excessos de sal e de açúcar de nossas culinárias e conversas em mensagens de amor pré-fabricadas, mas acima de tudo eu teria sucumbido ao comodismo do nosso pensamento, à maledicência como forma de tratamento, à deserção total de qualquer ideia de juventude, o apego aos seus, aos nossos hábitos ultrapassados, à blindagem do nosso ninho de ratos, às "regras da casa"... Teria sucumbido à nossa moralidade duvidosa, mais do que outras doenças transmissíveis.

Mas promessa não é dívida! – você dizia, defendia-se muito bem enquanto acenava com mundos e fundos aos financiadores, clientes, parentes, amigos e credores iludidos com o seu discurso arrebatador, mas que, a seu tempo – com a frustração de expectativas e principalmente dos investimentos –, partiam para protestos em cartórios, processos no Judiciário, bem como as já descritas agressões físicas e verbais, praguejando por terem nos conhecido o sobrenome.

É a sobrevivência do mais fraco! – você exclamava extasiado, batendo no peito, com orgulho daquilo em que vivíamos. Confundíamos abandono com isolamento, desilusão com solidão, pensamento com ressentimento, e, por truques psicológicos dessa natureza, "truques" capazes de provocar enormes danos em nossas mentes, danos na viabilidade autônoma de nossas mentes, eu teria sucumbido.

Teria sucumbido como a minha mãe e os meus irmãos sucumbiram... E, falando nisso, dou mais um passo na sua direção.

Você está verde-horrível!

Eu me aproximo a ponto de sentir o cheiro adocicado de todas as vísceras refrigeradas e guardadas naquelas gavetas. Todos os últimos miseráveis a apear dessa vossa vida, com sucesso.

Se eu tirasse os tampões do seu nariz e ouvidos, se eu tirasse o tampão de sua boca, o que você diria?

Vejo à flor da sua pele branca os desenhos de cor púrpura que fazem as tromboses das suas veias. Dou um passo e me curvo para enxergar dentro da gaveta. Os seus pés estão pretos. Sujos. Vejo em detalhes as suas feridas, que mais parecem buracos feitos a broca na sua carcaça. Fico curioso de tocá-las e, quando estico meu dedo na direção da escara do seu cotovelo, quando estou prestes a lhe pousar a ponta de um dos meus dedos, pronto!, me chama o telefone por dentro de um bolso que eu me esqueço qual seja e, assustado com o barulho e os tremores do aparelho, dou um pulo de medo, me apalpo, me afasto do seu cadáver para conversar melhor.

Alô, querida...

A minha mulher, a mãe dos meus filhos, ela liga para saber a quantas andam essas coisas de lhe meter fogo no caixão, e como estou passando, já que a sua "partida" – como ela diz – poderia me provocar uma reação qualquer. Quando ela me pergunta se eu estou bem, digo logo: *que sim.*

Tenho preguiça de informar as contrariedades e os contratempos que andei passando por sua causa desde que eu voltei ao velho bairro, o tempo perdido desde que eu cheguei ao hospital dos italianos para "resolver" este nosso problema, preguiça de falar dos linchamentos em toda parte e do trânsito arrasado no caminho, preguiça de falar do preço escorchante do estacionamento, da hierarquia militar das cores das senhas e das mentiras que eu tinha contado para a máquina de senhas, tudo para ser mais bem tratado, ou tratado mais rápido que os outros, sempre os mais fodidos. E ao mesmo tempo, numa linha paralela de pensamento, eu penso que sim, que eu teria sucumbido aos nossos limites estreitos, nossa moralidade duvidosa, queixosa, explicativa, que, se eu não fugisse e não parasse de correr desse passado até hoje, eu por certo teria sucumbido ao receio de saber, de entender, eu teria sucumbido ao receio de perguntar, de argumentar, mas, quando a minha mulher, a mãe dos meus filhos, pergunta se eu preciso de algo, eu digo que: *não, obrigado!*

Poupo a mãe dos meus filhos dos nossos dissabores mais antigos, meu pai: *quem vai ter interesse nas mazelas causadas por um homem morto?*

É o que eu perguntei, falei ou pensei, penso, não sei, segurando o telefone ali parado, diante do seu cadáver enregelado, engavetado na geladeira, e pensando, pensando numa resposta, numa resposta viável que pudesse ser transmitida aos demais membros da família, logo eu mesmo desisto de qualquer resposta, preferindo ficar calado, bem quieto...

Até para evitar um mal-entendido... – eu me justifico um tanto covardemente, mas é assim quando estou cansado e com fome, feito agora.

(...)

Ouço do outro lado do aparelho o silêncio aterrador de um lar em que as crianças estão presas aos aparelhos eletrônicos. E acredito que assim, que pelo menos assim, não nos dão trabalho. Temos cada vez mais aparelhos e razões para permanecermos separados eu e a minha mulher, a mãe dos meus filhos, nós também temos em comum um código secreto de mensagens e ilustrações pré-fabricadas que adotamos em nossas mensagens. Ela me informa que os nossos filhos já estão preparados para dormir.

Vão dormir certos de que vão acordar vivos amanhã cedo – eu digo por dizer, mas soa um mal-estar entre nós todos. Eu nem disse que estou aqui, com você, meu pai, mas, como você nem está mais aqui para contestar o que quer que seja, continuo calado a este respeito. Noto, incomodado, que o seu pênis inerte é maior do que o meu em semelhante condição: *Você é feliz comigo?*

Eu pergunto.

Claro que sim, ela responde. E eu penso na quantidade de especialistas e prestadores de serviços entre nós: esteticistas, urologistas, professores de inglês, de filosofia, de economia, pediatras, massagistas, psiquiatras etc.

Por quê?

Quando ela pergunta se há algo errado, eu apenas digo que está tudo bem, obrigado, que eles podem dormir tranquilos. Eu não digo, por exemplo, que por mim eu a escravizaria aos pés da mesa, pernas abertas e que me serviria dela quando bem entendesse, entesasse... Eu não disse nada disso: eu e minha mulher somos emancipados e, para minha surpresa, ela se oferece pra vir, pra estar aqui comigo, consigo.

Não!

A minha mulher aqui, no velho bairro, no passado, o seu cadáver e o nosso passado macabro, essa mistura, essa convivência me parece intolerável. Reajo: *meu pai morreu, só isso.*

Podemos contratar alguém mais pobre do que nós – ela insiste, alguém que possa ficar com as nossas crianças nesta emergência (já que elas, as nossas crianças foram destreinadas por nós, por mim e pela mãe delas, nas mais simples necessidades e surpresas da vida...).

Não! Fique com eles. Não me saia à rua a esta hora! Beije nossos filhos em meu nome...

Olho a sua gaveta aberta, o seu cadáver encarquilhado no ar frio concentrado do necrotério: *volto logo* – digo. Desligo.

18.

A coisa toda se apresentava disfarçada, sob a forma de uma carta do asil... Tudo na aparência desta carta indicava correspondência de rotina, contendo aqueles agradecimentos antecipados, as saudações de praxe e recomendações inegavelmente bem-intencionadas: *afinal, a nossa missão precípua é garantir o melhor tratamento para os nossos estimados pacientes, nada mais.*

Esta carta em questão continha as expressões e a estética características das cartas formais, técnicas, mas estava eivada de pequenas informalidades, aqui e ali se dirigindo ao leitor em tom pessoal. Era uma carta tendenciosa, eu percebia, camuflando com gentilezas a crueldade do seu objetivo. As próprias entrelinhas da carta despistavam o que ela dizia. Eram identificáveis diversas das clássicas mesuras e melindres verbais de cursos de etiqueta, de caligrafia perfeita e do treinamento barato em telemarketing: *Prezado Amigo Estimado Parceiro Excelentíssimo Senhor...*

A carta fora enviada pelo correio, como atestava o carimbo do Estado, mas era uma carta íntima, direta, extremamente pessoal e, se digo que fora colocada no correio, se não me fora entregue por mensageiro exclusivo da dita "clínica de repouso", era apenas para completar o seu disfarce criminoso, já que ela continha veneno para ser entregue em minhas próprias mãos, o veneno que vinha me contaminar, o seu veneno – ao abrir e ler, eu lhe percebi o cheiro: *o senhor por certo conhece a lei 10.741, de 2003, o chamado "estatuto do idoso"...*

Eu sentia o agudo da punhalada nas costas. Aquela carta me estava sendo enviada como uma facada, isso sim. No seu artigo terceiro, transcrevia sem vergonha a tal carta, esse tal estatuto afirmava: *é obrigação da família, da comunidade, da sociedade e do Poder Público assegurar ao idoso, com absoluta prioridade, a efetivação do direito à vida, à saúde, à alimentação, à educação, à cultura, ao esporte, ao lazer, ao trabalho, à cidadania, à liberdade, à dignidade, ao respeito e à convivência familiar e comunitária...*

A carta derivava por algumas conquistas da medicina para o aumento e a qualidade de vida dos mais velhos, prosseguindo em tom falsamente amistoso, sordidamente pedagógico – citando como quem o sublinhasse, a bem dizer, todo o artigo quarto: *nenhum idoso será objeto de qualquer tipo de negligência, discriminação, violência, crueldade ou opressão, e todo atentado aos seus direitos, por ação ou omissão, será punido na forma da lei.*

Era uma conversinha capciosa, por exemplo, a de que hoje – "numa concepção mais contemporânea e holística da espécie humana" –, que hoje se entende que não basta a uma pessoa ter amparo material, não basta ao ser humano não passar fome, sede ou ficar desabrigado, insistia... Que em especial para as "pessoas de idade avançada" (claro: para quem está às portas da morte o tempo urge, eu pensava ao ler a carta – isso, infelizmente, não estava escrito naquela carta torpe, covardona e cifrada), o fato é que, segundo constava agora, então, aos muito velhos não adiantava nada ter o chamado conforto físico e a boa saúde se não puderem dispor de uma vida plena de sentimentos, com todas suas relações de afeto...

Aonde estes filhos da puta querem chegar? – eu me perguntava cada vez mais irritado, enquanto o texto da carta me lembrava de que, já na última Constituição Federal, o artigo 230 estabelece que não apenas o Estado, mas também as famílias têm o dever de amparar as pessoas idosas, e que o artigo 229 da referida Constituição consagrava, consagra, não sei, o princípio da solidariedade: *a negação de amparo afetivo, moral e psíquico, em última instância, engendra danos à personalidade do idoso, quando se tolhe os valores mais virtuosos do indivíduo!*

Finalmente a carta revelava sua face perversa e nociva quando reiterava, por estas e outras decisões, deliberações, constrangimentos legais, não sei, que os filhos tinham, têm, senão a obrigação de dar-lhes continência... Segundo a referida maldita carta, os filhos tinham, têm o dever de amparar seus pais na velhice; que este tipo de amparo, o chamado "amparo à velhice" inscrito no estatuto do idoso, que ele representava "um novo conceito" que pedia atendimento às demandas materiais, sim, mas também às imateriais. Que, então, hoje se considera necessidade básica o afeto, o que significava dizer, também, que mesmo naqueles casos em que os pais tenham condições econômicas e financeiras de se sustentarem sem o apoio dos filhos, que ainda assim "subsistia aos filhos" o dever de prestar os necessários serviços de ordem afetiva e psicológica...

Aquela carta me caiu muito mal – ainda hoje eu sinto um amargor no estômago só de pensar nela, nisso... A carta me foi endereçada pelo asil..., isto é, pela clínica de repouso, mas eu via a sua mão ali. A carta que me foi disparada como uma flechada, a bem dizer, eu era o seu único alvo, eu duvido que outros filhos a tenham recebido, essa flechada que era esta carta da clínica, ela teve a sua participação na tensão do arco, por certo, nos fingimentos e reclamos que fazia às minhas costas, enquanto passava a mão nas coxas das faxineiras disfarçadas de enfermeiras...

O artigo 43 do nosso Estatuto alerta para o fato de que medidas de proteção ao idoso podem ser aplicadas por abuso ou omissão da família! e porque aquilo não era uma carta, mas uma perversa forma de constrangimento afetivo e moral, confirmava que a consequência da omissão dos filhos gera aflição, dor e angústia, podendo contribuir para as condições de saúde e levar alguns à morte...

A ausência de seus estímulos afetivos e de memória acentua o quadro da doença degenerativa que acomete o seu pai... – fustigava essa, aquela carta. E, enquanto fazia de conta que me esclarecia, me constrangia; enquanto aparentava que me instruía, me humilhava; enquanto transparecia bondade e benevolência, reiterava uma série de chantagens e exigências mesquinhas de sua parte traduzidas em artigos e caputs das suas leis de exceção... O artigo 186 do nosso já velho Código Civil, por exemplo, dizia isso naquele tempo: *aquele que por ação ou omissão voluntária, negligência ou imprudência, violar direito e causar dano a outra pessoa, ainda que dano exclusivamente moral, comete ato ilícito...*

A sua carta travestida de carta de recomendação médica, jurídica, ela sim continha inúmeras ameaças a mim, à minha integridade física e mental, como se vê: ela não se interessava pelas minhas razões, mas pelas suas, apenas pelas suas razões egoístas e antiquadas, de velho moribundo e assustado diante do julgamento da morte, do autojulgamento natural que fazemos à beira do abismo em que você se encontrava, e esta carta, produto de alguém que quer, queria, atrair os demais para o tumulto de sua cova.

Abandonar o idoso em hospitais, casas de saúde, entidades de longa permanência, ou congêneres, ou não prover suas necessidades básicas, quando obrigado por lei ou mandado dá pena de detenção de seis meses a três anos, mais multa...

Confundia os seus direitos com as minhas obrigações. Grudava-se às minhas costas feito um calombo, um encosto, agora que você pagava as últimas penas do que tinha sido. Essa carta não pretendia nos aproximar, mas nos confrontar; não pretendia nos ligar, mas romper de vez os últimos laços que tínhamos em particular, tornando público nosso mútuo desprezo: *assinado, A Clínica.*

19.

De acordo com a sua análise da nossa história e de acordo com sua, digamos, "visão de mundo", com a tal da sua "filosofia das coisas dessa vida", como você dizia – segundo as suas regras, ou manhas, manias ou miopias antigas, a bem dizer –, eu só tinha duas opções para "assegurar o meu futuro", só essas duas opções poderiam garantir uma existência tranquila entre nós, você insistia, uma vidinha sem maiores sobressaltos materiais: poderia me tornar militar, esta era a primeira opção para esta vidinha; carreira segura, à prova de demissão em nosso país paramilitarizado e escolha por excelência dos pobres iletrados, dos arrivistas e violentos, com grande prestígio moral entre a nossa população, em particular os seus colegas de espancamento da décima oitava delegacia de polícia, as "equipes especializadas". Tudo, por certo, sinal daqueles tempos de ditadura militar vitoriosa, devidamente imposta, estável e de aparência eterna em que vivíamos.

Ame-o ou deixe-o, porras!

Mais tarde, recentemente, a bem dizer, esses golpistas amadores e os espancadores profissionais associados seriam substituídos por outros, por mais de uma nova geração deles, vermes de todo tipo: militares e civis, evangélicos, muçulmanos e judeus, brancos e negros, mestiços e amarelos, democratas e socialistas e nazistas esclarecidos...

Mas este é o meu tempo, não o seu – lembro. E que a outra opção que você nos deu, dava, a outra opção segura que eu tinha de me tornar "um homem por si mesmo", como você dizia a mim, ao meu irmão e até mesmo à minha irmã, a outra chance no seu universo previsível para mim, já que eu "levava certo jeito para isso", era a dedicação aos estudos, à escola. Evidentemente não era o estudo como interesse pela descoberta científica, evidentemente não era a frequência à escola como forma de ampliação do campo do possível, evidentemente não era o estudo como reflexão, memória, ação – por certo que não era a escola como estágio para a evolução geral da sociedade, a edificação de uma nova humanidade, nossa, o chamado "engrandecimento do espírito" –, mas sempre o estudo e a pesquisa com vistas à maior ascensão social no menor tempo possível, à *expertise* decorada das escolas tradicionais, ao treinamento para as rápidas escaladas imaginadas pelos alpinistas sociais, aos ganhos de capital imediatos, ao desvendamento dos piores truques das bolsas de valores e dos expedientes obscuros do mercado do dinheiro, às possibilidades de sucesso imediato em negócios duvidosos, que geram um estado de desconfiança até para quem está metido neles, como ocorre entre nós, brasileiros, os golpes mais ligeiros, escusos e vultosos em termos financeiros, aqueles que só se oferecem aos que têm as devidas informações, posicionamento, força, contatos, relacionamentos, os que estão envolvidos nas pechinchas dos leilões, dos concursos e licitações, ou têm habilidades e contatos de amizade para descobrir os detalhes dos arranjos econômicos mais profundos, as chamadas estruturas mais ocultas do sistema e sua rede de fiadores, entre amigos ilustrados, quase sempre, e sempre em detrimento dos trabalhadores manuais casados, ignorantes e religiosos por natureza.

Sempre fui meio marxista – você dizia, e se ria, e me irritava feito queria nessa hora... Depois completava, paternalista: *quem não sabe que a pobreza é uma merda, meu filho?*

E foram estas as suas lições para "assegurar a segurança do nosso futuro", meu pai: que eu me metesse numa farda confortável e apenas nas eventuais conspirações para que nada mudasse, ou que eu estudasse, que eu aprendesse qualquer coisa de útil para mim, para nós se possível, que eu me tornasse um explorador conhecedor, um "especialista-necessário", influente, "espertalhão até, se fosse o caso" – e o mais importante: nunca, nunca, nunca sujar a mão para ganhar dinheiro. Sujar a mão de graxa, de poeira ou de tinta, por exemplo, equivalia a meter a mão em fezes, lembra?

"Quanto mais um suja a mão, menos dinheiro há no seu bolso: é uma relação indireta de prosperidade" – eram sempre cheias de máximas as suas análises econômicas, e não sem

alguma razão, eu concordava, concordo nisso, mas você complementava: que se isso não bastasse para mim, se esta lição de moral, se esta lição verbal canhestra, mas adequada que você me dava sobre a história do nosso país, se eu não me convencesse dessas suas "verdades comprovadas" pela sua experiência, se esta sua "experiência da vida", esta sua espécie degenerada de sabedoria repetida, se nada disso me convencesse, eu que me lembrasse daqueles momentos em que estou "quebrando pedra", isto é, que eu me lembrasse dos momentos em que estou "metendo a picareta" no chão cimentado dos incautos que exploramos, explorávamos, procurando por defeitos hidráulicos, vazamentos e infiltrações inexistentes, criando despesas mentirosas naquelas famílias em si miseráveis, dependentes de operários braçais ultrapassados, cansados, falidos – quando não desempregados, desalentados ou à procura de um emprego –, o momento ideal em que abordávamos as suas casas, as suas esposas incautas, analfabetas de tudo...

Analfabestas, a bem dizer, como a minha mãe...

... as donas daquelas casas ignorantes e inocentes dos nossos atos insidiosos, do nosso conhecimento de enciclopédia, das nossas intenções criminosas, desagregadoras, estelionatárias, a bem dizer – que eu me lembrasse da burrice do trabalho que eu fazia naquelas casas, que eu o multiplicasse pela vida inteira, que me lembrasse da sobrevida das esposas naquelas casas de família enquanto eu lhes destruía o patrimônio barato, deficitários eles todos, enquanto eu lhes comprometia os recursos com a destruição desnecessária, a força da minha juventude empregada nesta ação calamitosa, com o nosso, seu diagnóstico de mentira: quebrar, quebrar...

Vai ter que quebrar pra ver a gravidade da sua situação, senhora. Lembra? Que eu me lembrasse disso: da infelicidade permanente dos lares onde reinava o trabalho manual e do cansaço instantâneo que se instalava nos meus ombros, nos meus braços, pernas, nos músculos de todo o meu corpo, e pensasse no corpo escravo dos que verdadeiramente trabalham – carregam ou quebram pedras todos os dias nas frentes de trabalho, de batalha, na vã esperança de que vão conseguir se aposentar...

Até mesmo o seu presidente metalúrgico afirmou que só gosta do trabalho operário quem nunca pisou de macacão numa linha de produção – você me lembrava, e que, "segundo a nossa cultura", uma sua cultura no fundo nobiliárquica, a cultura de homens brancos, mesmo do tipo de italianos carcamanos que somos, bem... a bem dizer: nós não fomos feitos para isso.

Há gente que passa a vida atrás de uma picareta... – você dizia, lamentava, com esse seu ar de tristeza pelo enfado e desgaste alheio e meio que de luto ao mesmo tempo, por estes desperdícios...

Você ganha uma arma, uma farda e sossego até a aposentadoria, ou então pega o seu diploma e monta no dinheiro – você recomendava, instruía, e eu não duvido que você tivesse em perspectiva o melhor para mim, tenho certeza de que você me aconselhou baseado no que de melhor dispunha de informação sobre o nosso país, sobre a nossa cultura – foi com a sua "experiência histórica", sim, reconheço, você queria o melhor para mim, eu sei, mesmo quando me mandava para o inferno.

20.

Desculpe incomodá-lo, senhor, mas precisamos fechar a gaveta antes que...

Já é outro o funcionário que me atende, nesta hora. Tem uniforme diferente. É do turno da noite, talvez. Os modos de treinamento. Gestos solenes de caricatura. Mesuras decoradas. Frases feitas. Não consigo ler o crachá que balança no pescoço dele. Eu tinha até me esquecido do seu estado, meu pai, do seu cheiro nauseabundo, a bem dizer. O tempo não para, nem para você que aí está. As suas vísceras úmidas estão secando e se contorcendo, o sangue já lhe assentou todo nas costas. Você está sendo bem comido a esta altura – e quase que se vê o movimento coordenado dos vermes no seu intestino: a mancha escura do seu ventre está encovando e se alastrando para os pés e para a cabeça de maneira preocupante e os outros cadáveres e seus parentes – eles que também precisam do ar-condicionado com as gavetas bem fechadas para reunir toda a força do aparelho, eles que também tentam adiar o inadiável, a putrefação dos seus entes mais ou menos queridos o quanto possível, evitando todos, vivos e mortos, as doenças transmissíveis e as epidemias que eclodem nestas ocasiões – eles não têm nada a ver com isso...

Claro, desculpe... – eu digo. E saio de lado. Você me desaparece da vista conforme a gaveta se fecha com estrondo, empurrada sem jeito e um tanto que apressadamente pelo novo funcionário designado para o nosso caso.

O senhor primeiro... – retornamos eu e ele pelas entranhas do hospital dos italianos. Permanecemos em silêncio enquanto subimos, observando a precariedade reinante naquelas estruturas. As áreas internas estão abandonadas à degradação porque a maioria dos clientes não as acessam, por certo. Tenho certeza de que deve ser este o raciocínio prático, asséptico, econômico e eficiente – antiestético por completo, é claro; entendo que é este o pensamento espúrio, mesquinho, contemporâneo, a bem dizer, de quem deixa as coisas ficarem expostas assim, de quem lhes nega atenção só porque estão do lado mais oculto, são pouco observadas pelos outros, clientes.

Quando os olhos não vêm, o coração... – argumentam. E há qualquer coisa de conveniente e sórdido, de imoral mesmo, em conservar um cenário de empreendimento moderno, hospital modelo em sua aparência para o lado de fora, para os clientes, doentes, parentes e acompanhantes nas salas de espera, e esta praticidade leviana, a bem dizer, esta realidade de filme documentário brasileiro, para o lado de dentro: os fios descascados, o risco do eletrochoque permanente, o encanamento enferrujado, extintores mal posicionados, material de construção armazenado em corredores prejudicando a passagem do socorro em casos de emergência, poeira acumulada nos cantos e aqui e ali funcionários que se escondem para mastigar das suas marmitas, pacotes de salgadinhos, latas de refrigerante, matar o tempo que ainda lhes sobra e fumar dos seus cancerosos cigarros uruguaios, colombianos, brasileiros, escondendo no escuro, como ratos, as fomes e os vícios...

Subo as escadas e bufo com o atraso e a indolência, o despreparo organizado, a bem dizer, mas não grito. Não grito e me engasgo com aquilo que não desce na garganta: engasgo com este ranço de desagregação, violência e desesperança que rouba o ar do ambiente, este ranço degradante de preguiça e de pobreza, esta preguiça e esta pobreza triste, anaeróbica, a bem dizer, sufocante física e espiritualmente... Nada disso nos faz bem, a mim e ao funcionário que me segue. Apresso meu passo para a saída. Eu preciso fugir outra vez. Engolir ar. Escapar de sua, da nossa esfera de influência, lembra? Mas os degraus da escada do seu hospital que subimos cada vez mais rápido eu e o funcionário, eles parecem se multiplicar e se amontoar neles mesmos, criando distâncias e dificuldades intransponíveis, como num filme de horrores. O funcionário correndo atrás de mim, ele me segue de maneira servil – e ignorante, já que nem me pergunta o que desejo, qual é o meu problema, para onde eu estou indo, o que exatamente eu sinto naquela hora: *e dizem que esses merdas recebem treinamento...*

Eu não falo isso, por certo. Permaneço quieto com a minha queixa e com a minha falta de ar. Não quero criar confusão a esta altura da minha espera. Este novo funcionário é parte do problema, mas não deve ter culpa, suponho. Quem vai se queimar é você. Eu só quero ir para casa "curtir o meu feriado", como dizemos, quero viajar, urinar no mar, gastar dinheiro antes de ficar no seu estado, quero meter com a minha esposa esta noite, educar meus filhos para o futuro, quem sabe, já que o presente vai terminar domingo, com a eleição de um homem do passado.

Você é que está morto e nós somos os vivos? – agora eu me pergunto. Chego à recepção, onde o movimento diminuiu, mas o local compartilhado, apesar da comunicação com a rua, da porta que se abre e se fecha, do ar de dentro e de fora que são confrontados, purificando-se supostamente, nada disso nos livra do tal ranço anaeróbico, o ranço triste de nossa natureza, a bem dizer – ao contrário: esgota o que resta do ar, suga o pouco de frescor e de pureza, torna aquele ambiente hospitalar insalubre, contagioso.

Fique à vontade para esperar... – ele me orienta no salão da recepção, sem meias palavras, o esbaforido funcionário designado para me acompanhar, para nos acompanhar o caso.

Boa noite – ele logo desaparece numa porta camuflada na parede, para dentro da área reservada aos funcionários. Ele escapa para a área protegida dos funcionários, a bem dizer, já que é o local para onde eles correm assim que aparecem nos corredores, quando saem dos elevadores, é o lugar onde se escondem, pois, assim que dão de cara com os doentes ou parentes, eles os cercam, os abduzem, penduram-se neles, a bem dizer, uma procissão de velhos acabados em sua maioria, mas também são muitos os jovens doentes dos nervos, acidentados, vítimas de tiroteio e inválidos de todos os tipos que lhes agarram os uniformes, reclamando, pedindo, implorando atendimento.

Sei que não é fácil para ninguém, dá licença – peço, imploro. Avanço com dificuldade. E a minha sufocação com a verdade do que eu tenho visto só aumenta. É noite preta lá fora – eu vejo atrás da porta de vidro – e só as ambulâncias e os carros funerários é que riscam os céus com os faróis.

Ave Maria, se eu fosse crente eu pedia... – torno a medir a distância até a porta automática do hospital dos italianos que se abre e se fecha. Parece que o ar vai me faltar por completo antes que eu a alcance. Antes que eu saia disso. Asfixiado eu miro naquela direção. Respiro até o fundo, reúno meus esforços, dou impulso e me lanço. Atravesso o salão aos trancos e barrancos, a bem dizer, desviando de doentes e crianças indefesas e estúpidas a ponto de me cruzarem o caminho naquele momento, sigo cego para a porta que se abre a tempo de que eu passe, de que eu, a bem dizer, pule na calçada, ganhe a rua já me dobrando, sem fôlego, salto para a calçada comendo ar, sugando o ar, trêmulo e aliviado de ter conseguido sair daquele inferno sem desmaios.

Finalmente – exulto, me mexo esticando as pernas, mas logo percebo no ar da rua o cheiro denso de óleo queimado dos velhos táxis e motoristas ali parados. Tusso a fumaça disso.

Mas estamos todos acostumados, não é mesmo? – os taxistas no ponto em frente ao hospital dos italianos não me respondem. Decrépitos como os seus carros, empoeirados e sem manutenção como os seus táxis, doentes do pulmão como eles, a bem dizer, eles formam uma roda de conversa, mas não querem conversar comigo. Posso ouvir. Não escondem que apostam dinheiro nas eleições do próximo domingo. Apostam todos que os seus candidatos do coração vão vencer; são eles os mais violentos e moralistas, os mais obscurantistas entre os políticos encrenqueiros, os banqueiros e financistas, os sindicalistas financiados pela imprensa oficial e pelo Estado de Direito, os guardas penitenciários donos de puteiros, os guardas civis e militares aposentados, os milicianos de dentro e de fora do exército nacional, os cirurgiões espíritas, os padres católicos e pastores pedófilos, rabinos racistas, juízes deslumbrados com leis de exceção, os doutores filósofos do ressentimento, salvadores da pátria amada e animais esotéricos em geral, os taxistas do bairro dos italianos estão apostando nos melhores amigos do fracasso da civilização, no capitão-presidente a ser eleito no próximo domingo. Dou as costas para eles, para seus discursos apolíticos: *queria dar as costas a tudo isso, mas para onde?*

21.

Pronto! Na minha frente já está mais esta puta máquina de pagar! – eu grito por dentro, para não alardear o meu desespero entre doentes, estranhos, estrangeiros. É a típica máquina impessoal, canalha, automática, computadorizada e meio burra, mas astuta ao mesmo tempo, com a ideia fixa de nos engolir o dinheiro, todo e qualquer recurso em dinheiro que puder pegar e fazer sumir dentro de um buraco – como naqueles brinquedos de criança, em que a mão de um monstrinho surge do interior de uma privadinha de plástico e leva a moeda para o seu esconderijo no esgoto; a máquina de pagar o estacionamento indiferente, me cobrando um preço único e já bem alto por um período inteiro que, por certo, eu estava longe de utilizar até o fim, ao sair naquele momento: *você acha isso justo? Responda!*

Eu também queria avisar a máquina, se possível, a empresa ou o responsável pelo estacionamento que fosse, que eu ia sair com o meu carro, mas que ia voltar em seguida

– e apesar disso eu não queria pagar duas vezes pela mesma maldita noite no necrotério dos velhos imigrantes italianos, o que me parecia mais do que uma questão de justiça, meu direito óbvio de cidadão consumidor: *é só inserir o cartão e digitar a senha...*

Acontece que, depois de muito procurar por uma alternativa para o meu, o nosso caso; depois de tentar, inutilmente, um contato com a máquina de pagar para explicar os meus, os nossos problemas particulares (por não poder, diante das opções oferecidas no menu da primeira página da máquina, defender o nosso interesse), eu me dirigi à empregada uniformizada que havia sido colocada ali atrás de uma caixa registradora e blindadas ambas, a funcionária e a registradora, numa caixa de vidro, à entrada do hospital.

Boa noite – eu digo e respiro profundamente, para me acalmar a pressão de tudo isso e explicar à funcionária, com toda a delicadeza e cuidado, e não sem algum drama necessário, também, o nosso caso: *com licença, minha senhora...*

A funcionária, com trejeitos militares e modos servis, se voltou na minha direção e me olhou nos olhos, sorrindo, de acordo com o treinamento do manual: *algum problema, senhor?*

Eu disse apenas a verdade, a que me convinha, por certo, narrei em ordem cronológica os seus e os nossos acontecimentos: em primeiro lugar, eu disse a ela que o nosso "problema" nem era questão propriamente emergencial, já que você estava, está morto, para todos os efeitos; falei que o atendimento médico fornecido pelo SAMU e a internação de emergência naquele hospital não lhe valeram de nada para recuperar a vida, mas que devido às circunstâncias um tanto incomuns, e quase suspeitas de sua morte (súbita, no meio da rua, entre gente estranha, um velho vira-lata, gagá e sem qualquer acompanhante) e por causa e consequência de vários estratagemas que não me competia detalhar ali, o fato é que o seu cadáver estava sendo guardado numa gaveta numerada do necrotério alguns andares abaixo, à espera de uma chance no nosso escasso e deficiente sistema de transporte para o serviço de verificação de óbitos, pois o médico de plantão, preguiçoso, medroso, autoritário e deprimido como a maioria deles, não quis dar a sua assinatura para a liberação do corpo, sem autópsia.

Quanto mais doutores, mais covardes – pensei, repeti em silêncio. E disse mais, que você estava morto e nu, coitado, devido aos paramédicos da prefeitura, ou estaduais, não lembro, terem lhe cortado o pijama em pedaços no afã inócuo do salvamento, e que – embora eu mesmo não entendesse a necessidade daquilo para quem seria cremado em seguida, para quem seria reduzido ao pó das cinzas mais miseráveis em pouco tempo – o fato é que eu estava saindo daquele lugar apenas por um pouco, "um pouquinho", saindo "de fininho", a bem dizer, e apenas para buscar as suas roupas em casa, sua casa, naquele último endereço na face da Terra, coitado, isto é, no asil... quer dizer, na "clínica de repouso".

Entende? – insisti, didático, com aquela fineza que podemos afetar às vezes, e com a clareza e a precisão dos mapas de telefone que eu exibia para a funcionária do estacionamento, mostrando que o endereço em questão era nas proximidades (*nas imediações, a bem dizer!*), já que vocês, você, minha mãe e meus irmãos pouco saíam do velho bairro, de forma que eu retiraria o meu carro, mas para devolver logo depois, na mesma hora ou na outra em seguida, e que, enfim, eu não desejava, nem esperava ter que pagar um novo período de estacionamento ao retornar dali a pouco, certo?

Impossível – ela me respondeu de cara e com a mesma frieza burocrática das máquinas de pagar, a bem dizer. Está sonolenta, eu vejo. Eu também estou, por certo, e com a nossa situação, ainda por cima: *um morto em família como você e um feriado comprometido para mim, mais o tedioso, porém perigoso mundo do trabalho noturno naquele bairro inseguro para ela* – reconheço, nada disso ajudava a melhorar o humor de nossa conversa.

São 42 reais o período, inapelavelmente – ela me explicou como se eu fosse um cego, um idiota, o que estava anunciado numa placa bem diante dos nossos olhos e depois ainda acrescentou que cada um dos chamados "períodos de estacionamento" era iniciado no instante em que o veículo entrava no local; que o período se encerrava doze horas depois, sem exceção dos dias da semana e que se um cliente retirasse o seu carro dali por qualquer motivo, antes deste prazo, mesmo se fosse por um motivo de emergência urgentíssima, uma urgência necessária, afinal estávamos num hospital, que isso encerrava unilateralmente o período, mesmo que ele tenha utilizado duas horas, cinco, nove ou onze horas e meia das doze horas do período de estacionamento em questão: *quer dizer que se eu entrar e sair com o meu carro deste estacionamento mil vezes num dia...?*

Eu perguntei mais por perguntar, mal contendo minha vontade de esmurrar a mulher uniformizada atrás do vidro blindado, a nova máquina de pagar entre mim e ela e o vidro. A pergunta é um tanto irônica, também, por certo, mas a resposta é séria, e rasteira (ela até fez contas no teclado da máquina registradora antes de me confirmar, comercialmente): *nesse caso o valor a pagar seria de... Deixa-me ver... seriam 42 mil reais.*

Decidi interromper o debate, pagar o que devia e partir de uma vez, sob pena de ficar discutindo com a funcionária do estacionamento sobre "conceitos de período" e "relacionamento com clientes" até...: *boa noite, obrigado, volte sempre...*

Ao ganhar a rua, e mesmo dentro carro, sente-se nas costas o peso do céu baixo naquela porção da cidade. A poluição dos automóveis e da indústria precária tinha se acumulado ao longo da semana e agora permanecia ali parada, tamponando o céu cinzento; misturada ao sereno, os grãos de dióxido formam uma pasta cinzenta, ácida, por cima da lataria: *vai riscar o vidro, me estragar a pintura e a paciência...*

No rádio, na internet, tudo faz lembrar o pior do nosso passado, elevado agora à condição de "nossa natureza": *pode ser que a pena de morte nem seja a pena máxima!* – dizem os políticos, em seus últimos pronunciamentos antes da eleição democrática para a Presidência da República de um capitão reformado do exército que sente saudade da ditadura e não gosta de mulher, de negros, nem de veados, no próximo domingo. Desligo o rádio e procuro me livrar dos meus próprios sentimentos ligando o ar-condicionado no último volume. Tremo de frio, mas sei que não é de hoje. Bocejo também. Meu olho esquerdo está ardendo. Pisco, avanço. Para sair da área do hospital, dou a volta no quarteirão, mas é um quarteirão torto e confuso, que escorre do morro de muitos lados. Demoro a entender por onde é a saída. Quando paro num farol de acesso ao Centro, alguns passarinhos já estão empoleirados nos fios, cantando como se fosse amanhecer: *que zorra é essa?* – eu penso, já que me parece muito antes da hora, como se tivessem pressa os animaizinhos, como se estivessem histéricos pelo fim da madrugada...

O que eles sabem que eu não sei? – pergunto. E fico nisso enquanto espero no farol aberto, espero no farol aberto, no farol aberto, espero...

Vai, porra! – alguém buzina às minhas costas. Acordo assustado; com receio do vazio em que estive mergulhado neste instante. Acelero de susto, saio em terceira. O carro se engasga e tropeça pela via: *é ridículo.*

Ainda belisco a calçada. O carro salta. Bate e volta. No ponto de ônibus, alguém repara. Dentro do carro eu sinto vergonha. Doem-me as costas. Uso a palma das mãos para esfregar o rosto. Estão suadas. Vou ter que tomar cuidado para não fazer besteira. Para não dormir, dirijo montado no volante, o pescoço duro e esticado lá na frente, as asas dobradas aqui atrás como uma galinha. Na avenida de duas pistas, as putas estão de partida, coitadas. Estão cansadas, também. São mulheres sem a menor vergonha, maltratadas, cobertas de cicatrizes, por dentro e por fora do corpo. E fora de forma, desde sempre. Estão em melhor estado do que as putas do cemitério da Vila Formosa, mas são putas velhas, a bem dizer, vagabundas das antigas: *quer fazer neném?*

Rio do que é velho; depois me preocupo que não desaparece. De repente, o ar-condicionado tosse e desiste. Abro os vidros para o bafo intestino e enjoativo do velho bairro. Gostaria de poder vomitar, mas não sai nada. Antevejo que este sono ausente agora vai me fazer bastante falta amanhã... E depois... E...

O dia inteiro também vai ser uma merda, por certo – acrescento, me aprumando no banco. E com o calor crescente eu me lembro de que o ar-condicionado do carro ainda está na garantia, talvez, mas que é difícil marcar um horário conveniente às agendas de todos os envolvidos com o conserto de um aparelho desse tipo, nesses tempos: *saco...*

A esta hora, pelo menos, dirigir é mais fácil. O espaço desocupado é uma excitação anormal em nossa cultura do movimento. A velocidade máxima que nos permite. E eu meto o pé no acelerador como há muito não metia: *resolver essa merda, meu pai, queimar-lhe logo desta vida!*

E começo a rir. Rio de novo, meu pai. Rio até perder o fôlego desta nossa data esquisita. E eu ainda ria, eu acho, quando vi um radar escondido covardemente atrás de um poste de iluminação apagado, debaixo do viaduto Guadalajara. A máquina automática me fotografa às gargalhadas e lavra uma multa às 4:43 da madrugada. Excesso de velocidade é o veredito. Multa de meio salário mínimo e sete pontos negativos na carteira: *deste jeito vou estourar o meu limite antes do feriado!*

22.

Corre à boca pequena na avenida de putas do bairro dos italianos que, graças ao aumento generalizado da sobrevida dos mais velhos e também por causa da inclusão dos novos produtos farmacológicos (para correção da disfunção erétil em homens de idade avançada, por exemplo) no pacote de benefícios da previdência; que, devido a isso, as nossas garotas de programa, elas que eram obrigadas à prestação de serviços noturnos, do entardecer ao alvorecer sem interrupção nem mesmo para um lanche (por força dos hábitos e dos horários de trabalho de seus clientes jovens e casados), elas agora podem prestar os seus serviços durante o dia, desde manhã cedo, escalonadamente, atendendo em domicílio ou em local a combinar os aposentados e pensionistas nos períodos matutino e vespertino, preferidos por estes contratantes idosos, que dormem e acordam cedo.

Houve um renascimento de nossa atividade – dizem... Este "boom", a bem dizer, ele tem permitindo um aumento significativo na rentabilidade diária e maior integração social para as prostitutas esposas. E toda uma geração de maridos, filhos e filhas de prostitutas – seria pela primeira vez na nossa história republicana –, eles agora podem usufruir da presença das suas mulheres e mães em casa, em horários convenientes e naqueles momentos mais importantes da formação da família, os que são necessários e condizentes com a rotina do lar trabalhador, religioso e do bom casamento societário, oferecendo desde o berço os melhores exemplos de educação e empreendedorismo. Tudo isso – diz-se por ali – é fruto desses nossos novos tempos, e uma conquista econômica e de saúde já disponível para todas as pessoas adultas de nossa comunidade: *amém*.

23.

As mansões e os sobrados daquela área em extrema decadência da Zona Leste só tinham sobrevivido por causa das igrejas e das "clínicas de repouso", que surgiram no lugar dos sonhos arquitetônicos de uma geração de novos-ricos que faliram e empobreceram outra vez. Graças a Deus e aos mais velhos – que viviam mais tempo em pior estado agora e se tornavam trastes para os seus parentes e amigos –, muitos desses imóveis tinham sido descaracterizados e adaptados aos novos convívios. Paredes foram derrubadas para o surgimento de salões de oração e altares foram erguidos em alguns deles, enquanto noutros, no vizinho, por exemplo, sórdidos tapumes de madeira eram instalados para multiplicar ao infinito os quartos e quartinhos para os moribundos. Nada disso é uma contradição na nossa cultura de submissos e ultrapassados: *éramos o país do futuro, agora...*

Os gemidos agônicos e ruinosos dos aposentados e doentes terminais em tardes e tardes de tédio sem fim e os cânticos de louvor a Jesus ecoavam e se irmanavam nos cultos diários e noturnos, ao longo de toda a semana e, aos sábados e domingos, os jardins por todos os lados convertidos em estacionamentos – que eram gratuitos, atraindo muitos fiéis –, eles sempre ficam lotados.

Sábado e domingo era para ser descanso, meu Deus! – eu penso, reclamo, não sei. Mas eu estou aqui, apressado e prestes a dormir no volante do meu carro. A esta hora de lusco-fusco matinal, no entanto, o estacionamento da clínica de repouso está deserto. No domínio desse espaço, noto que parei irresponsavelmente o meu carro atravessado, ocupando três vagas demarcadas no cimento da entrada: *foda-se*.

Depois, pensando bem, eu demoro a sair dali. Afinal, aqui dentro o meio ambiente está mais bem seguro e confortável para mim, toca a música que eu quiser pedir, tenho mapas para me orientar e vídeos para me distrair. Lá fora, se vê, rege a poeira, o mau gosto, o cinzento e a feiura, de novo...

É triste estar aqui, por certo, e por qualquer motivo que seja: para buscar roupas de cadáver, para rezar ou para morrer, mas fazer o quê? – dito isso, pensando que cabia a mim cobrir a sua última nudez agora, decido que é melhor andar logo com isso e me corre esse arrepio na espinha enquanto eu desço do carro e, a bem dizer, corro na direção da portaria, com um medo e uma excitação de crianças!

No entanto, esta casa mal-assombrada é, dos prédios mais velhos, o mais degradado desta rua da amargura... – observo. E bato palmas. E espero...

Espero cada vez mais e com cada vez menos paciência. Mas espero... – penso, e que isso deve dizer algo a meu respeito. Espero e nada.

Eu me consolo assim: *é preciso estar preparado para o fato de que nada funciona... E de que vai piorar.*

Procuro nas costas do muro, em meio a grades de arames entrelaçados até encontrar uma campainha escondida, coberta de tinta. É preciso apertar em cheio, bem no centro, uma, duas, cinco vezes – primeiro para o maldito equipamento funcionar, depois para que alguém emergisse da guarita de fibra de vidro, e por fim para encerrar o tinir irritante do mecanismo emperrado: *boa noite?*

É o que me diz, em tom ameaçador, um vigia de uniforme amarrotado, um símbolo com espadas e castelo pregado no bolso da jaqueta, crucifixo e guia de umbanda no pescoço, mão no coldre da cintura: *muito cuidado!*

Temendo ser alvejado pelo homem sonolento, explico que sou seu filho, que você tinha ido daquela vez, morrido de fato, que estava no velho hospital dos italianos velhos e que eu viera buscar algumas das suas roupas para o enterro...

Cremar que seja! – exclamo para me corrigir e ele já sabe que você está morto. E lamenta, é um alguém que o conhece e que lamenta.

Jogamos muito dominó, eu e o senhor seu pai. Ele sempre ganhava – falamos sobre a sua sorte nos jogos e a infelicidade que você vivia em tudo o mais.

Um momento... – e enquanto nos observamos com a nossa natural desconfiança – e relaxamos de não sermos nada diferente do que somos – dos cidadãos covardes e respeitadores que nós somos, eu e ele, talvez, o vigia noturno do asil... isto é, da clínica de repouso, ele desata os nós das correntes e dos arames com os cadeados que fecham a portão gradeado. É nesta hora que eu penso que você tinha sido muito hábil, ou eles muito burros de deixarem você escapar pela porta da frente de um lugar daqueles, em plena luz do dia, tão trancafiados vocês ficavam, ficam aqui: *por que tantas grades para pacientes tão f...?*

O vigia me conta que o a... clínica de repouso já havia sido assaltada duas vezes só neste ano, por jovens em busca de remédios: *remédios para dormir...*

Sinal dos tempos, eu penso, e da eleição do próximo domingo. Entendo que os jovens, sendo por natureza, pobreza e resistência mais conectados ao mundo real do que os velhos, eles por isso percebem toda a desgraça de uma geração primeiro. Muitos não sobrevivem às descobertas, como sabemos: *vou chamar a enfermeira do plantão...*

Entro. De passagem, noto uma TV ligada na guarita; transmite um programa de oração: *quem disse que Deus gosta dos fracassados? Deus gosta de quem venceu!*

Há uma sala com cadeiras de balanço, poltronas surradas e correias penduradas, com que prendem os velhos ali sentados. O cheiro adocicado de fermentação e lixo, de carne velha e de urina concentrada em sondas e fraldas geriátricas chega até ali, vindo dos quartos. Avanço alguns passos; enjoado, me seguro nas paredes para me guiar no escuro. As portas dos quartos estão todas entreabertas. Há luzes mortiças aqui e ali e camas por todos os lados de dentro. E corpos espalhados. São corpos desconjuntados jogados por cima, eles nem se mexem, eu vejo, não respiram mais!

Estão todos mortos, caral... – pensei, acho, mas devo ter dito algo.

Não, estão apenas dormindo – disse a enfermeira que surgiu na sala, ela também amarrotada, o encardido se destacando no branco do uniforme. Segura um pacote de papel amarrado com barbante.

Dormem tentando encontrar um jeito de morrer, mas quando acordam se esquecem de tudo...

Disse quem eu era e enquanto tentava explicar o que me trouxera até aquele lugar naquele dia e hora, um lugar que eu nunca ia, um lugar que já me intimara a ir visitá-lo um sem-número de vezes sob pena de... Um lugar que já me ameaçara de processo judicial... Ela, a enfermeira apenas continuou e concluiu o que estava falando: *seu pai não, seu pai decidiu morrer.*

A enfermeira, não sem qualquer emoção, me entrega o pacote. É um pacote muito bem-feito, com papel encerado e barbante de fita cor-de-rosa, antigo. Ela fica me observando pelas costas e eu sinto um incômodo, um encosto... Me viro. Ela me olha é com desprezo, eu sei.

Com licença – peço, nem sei por que, e me sento numa poltrona para desfazer o teu pacote, retirar o laço do barbante. Encontro um terno risca de giz dobrado nos mínimos detalhes dos vincos, uma camisa bege de algodão, também muito bem passada, gravata lisa azul, um par de meias xadrez e uma cueca de Tergal branca. Coisa velha há muito tempo ali acondicionada, por certo, mas lavada e dobrada com esmero. O perfume de limpeza que se esvaía, agora, solto no ar. Um sapato preto e engraxado está enfiado num saco plástico, separado do resto, evitando uma contaminação qualquer e demonstrando um asseio e uma capacidade de organização para morrer que eu nunca tinha percebido na vida que tivemos com você, meu pai. E fotografias. Um saco de fotos de família em preto e branco, o que dá a todos nós um aspecto melhor do que este que temos, do tipo de italianos que somos... As fotos que você guarda, guardou, todas são da época em que éramos crianças, durante a última ditadura, quando você passava os finais de semana longe, torturando vagabundos e vagabundas na décima oitava delegacia de polícia, quando os obrigavam a cantar o hino nacional no pau de arara (como os alunos nos pátios das escolas públicas) e obrigava a nós a todo tipo de humilhação autoritária em sua casa, em consonância... E para confundir, complicar ainda mais, dentro do saco de fotografias, num envelope do "Motel Três Poderes – Familiar", fechado com fita *Durex* (marca registrada), a soma de 1.500 dinheiros locais, tudo em notas de cinquenta...

Mais alguma coisa? – é a bendita, maldita enfermeira quem "me acorda", a bem dizer. E quando percebe que vou dizer uma coisa qualquer, a enfermeira (sem treinamento, se vê), ela ainda me acrescenta com toda a ignorância, frieza, impaciência, não sei, que em breve será dada a devida baixa no seu prontuário, encerrando nosso contrato e a conta devida enviada para débito no cartão, sem burocracia.

Obrigado – agradeço desconfiado. Agora eu agradeço, ainda que desconfiado, aquelas facilidades que me são oferecidas; concordo com elas para não me estender no desagradável daquilo tudo em que nos encontramos, também, e volto para o meu carro querido o quanto antes, e me sento no banco do motorista, anatômico, confortável... Ali, no meu inconfundível espaço de motorista, de dono do meu carro, no frescor do ar-condicionado é que eu respiro, que eu me acalmo um tanto, de fato, mas logo dou a partida e saio dali para nunca mais voltar: *espero*.

24.

Não pense você que eu não gostaria de chegar aqui, aí, por cima do seu cadáver, bater no peito e afirmar que nós vencemos...

Vencemos, velharada!

Eu sei que "me excitaria", me deixaria a ponto de teso de orgulho, a bem dizer, diante do seu corpo nu e morto, engavetado nessa geladeira de trânsito do hospital dos italianos, confirmar que prevalecemos sobre as suas manias de carcamanos, que inventamos outras maneiras de consumir a originalidade desta vida, que o receio do futuro foi contido em seus primeiros protestos vergonhosos e que o presente momento traz melhores promessas do que o seu passado obscuro.

Mas não. Será duro como era...

Eu bem queria lhe dizer na cara enrugada que consertamos os seus vícios hereditários, que jamais repetiremos o seu legado de covardes nostálgicos da violência primitiva, que lhes corrigimos os defeitos adquiridos com os conquistadores e os conquistados, que mudamos os seus velhos hábitos caninos, que os civilizamos, pobres coitados, porcos assassinos, e que nós, do nosso lado, implementamos os nossos melhores sonhos, planos, o que seja – que arriscamos os mais ousados, inclusive –, e que não apenas essa história de respeito à liberdade do indivíduo, o direito à vida e à cota de sacrifício de trabalho escravo de todo dia e esta baboseira toda, mas sim que as melhores e as mais fantásticas condições fossem conquistadas – e garantidas, expandidas, extrapoladas para brancos e negros e pobres e ricos em espírito, conforme nos ensinaram os livros inspirados... Que a experiência fosse aperfeiçoada, e não simplesmente repetida...

Mas não: "democracia deve ser ruim para todos!" – e isso é tudo o que podem garantir as lideranças que elegemos democraticamente, com o seu pensamento torto, e por certo que o sofrimento com a realidade será muito intenso, já que ninguém entre nós, nós e vocês, ninguém aprende com nada e até mesmo as fantasias mais mesquinhas e pequenas, até elas, coitadinhas, estão proibitivas de custear, preparando sempre para mais sacrifício aqueles que já esperam e esperam de longa data por um usufruto qualquer, algum dia, se der tempo...

Mas não: agora é tarde para todos – eu diria, e nem podemos pôr a culpa em vocês, que pareciam meio mortos e enterrados havia tanto tempo quando nós chegamos à idade adulta. Deixamos que ficassem acomodados. Acreditamos que sumissem. Pensamos que bastava esperar para que se deitassem e desaparecessem na decomposição. Que estivessem mortos, nós sentíamos, que era questão de tempo para que fossem enterrados tínhamos certeza... Nós, eu, tínhamos certeza, por exemplo, de estar do lado certo da história, contra vocês, de sabermos precisamente o que estava errado naquilo que havia acontecido, o que havia sido feito nas coxas, de qualquer jeitinho...

Mas não: quando tivemos a chance da aventura e o poder de consertar de uma vez, propusemos um tratamento provisório – nem é preciso abrir os olhos para ver... O fato é que nós apenas continuamos a dar um truque, um outro toque no que já estava por aí, ali, continuamos a respirar o ar recondicionado que estava disponível, e arranjado mais ou menos, por vocês, nossos avós, bisavós, não sei, e agora todos temos vergonha daquilo que somos, do que queríamos ser, até, do que desejamos, e para remediar essa situação – não de paralisia, mas de retrocesso – somos obrigados a contratar empresas de segurança, comprar armas automáticas e aparelhos eletrônicos para monitorar os próprios filhos, já que parecem mais radicais e autodestrutivos do que nós e vocês todos fomos juntos... E eles deram para nos olhar de esguelha em meio à sua inocência, em franco desacordo com as nossas melhores lições, entre muxoxos de escárnio e de desprezo – talvez até tramando algo nas telas e nas redes de computadores que lhes demos e a que todos estamos coligados: explosões, atentados, chacinas, eleições...

Quem sabe o que é pior?

Sabido mesmo é que, por enquanto, são os mais velhos que têm feito os sucessores, que são os ressentidos e os fracassados mais raivosos os que ensinam as crianças sobre o processo da inteligência, e os mais jovens como um todo, burros e aflitos como nunca, eles já nascem com 50 anos de idade, a bem dizer, mas totalmente irresponsáveis para o amor e seus prazeres. Nunca estupramos tantas mulheres em nome da paixão, nem olhamos tanto para trás como agora, e o que vemos pela frente também é pecado, senhoras e senhores...

Deus me livre!

Deus não existe, lamento informar, apesar das suas rezas e certezas, meu pai. Ele não veio interceder em seu benefício, por exemplo. Você morreu na rua. Fugindo de gente igual a você. Tentando escapar do que você era, só que foi inútil. Caiu na vergonha da via pública. E serei eu a lhe cremar a carcaça.

Pro inferno, filhos da puta!

O fato é que nós lhes permitimos sobreviver como uma pedra no sapato no meio do caminho... fingem que desencarnaram, permanecem parados ou movendo-se muito raramente, e com extremo cuidado, para não demonstrarem o constrangimento de existirem. Foram condenados aos paredões e várias vezes fuzilados. Eu sei, eu vi. Deveríamos ter percebido que renasciam, que renasceram...

Você morreu, mas os cadáveres estão se levantando como nunca – eu lhe asseguro. E agora eu sei como funciona: quando parece que vocês morrem, o que acontece é que se esgueiram para as sombras de onde vieram, o que ocorre é que vocês se escondem nos porões das casas em que cresceram, em cujas ruínas insalubres se sentem protegidos e alimentados. Não recebem ninguém, para que se esqueçam que existiram. Não doam o que quer que seja para não levantarem suspeitas indesejáveis do fisco ou a cobiça dos caridosos, dos ladrões e dos juízes federais. Vocês atingem a completa imobilidade física, tributária e espiritual ao ponto de apodrecerem, sempre que o que têm a perder for igual àquilo que pretendem ganhar mexendo-se um milímetro.

O que fica parado não desperdiça energia... – aprendemos nas aulas de matemática, geografia e ciências da escola. A ideia é ficar completamente imóvel, estabelecido, já que o risco tolerado pelos nossos ricos é o zero absoluto. E este zero a zero que nós empatamos com a vida de todo dia com frieza de cadáveres ambulantes é um resultado que anima muitos torcedores como uma vitória de virada! Alguns deles estão rígidos e enregelados como você; outros já foram cobertos e comidos por sete palmos desta terra seca e poluída de minérios e de combustíveis, muitos trocaram de nome e de endereço e até mesmo os que foram reduzidos a cinzas – como eu pretendo fazer consigo em breve –, todos eles também estão só esperando um tanto, dando um pouco mais de tempo ao esquecimento...

Velharada dos infernos... – eu digo, grito: ficam aí parados, encarquilhados, de olhos fechados, pretextando com a sua escuridão e o seu silêncio terem desaparecido da face de todos...

Mas não será por muito tempo! – é isso mesmo: logo os mortos-vivos vão sair das catacumbas outra vez, eu sinto, vão se erguer das gavetas e do pó das urnas, eu vejo, só para se vingar do seu desgosto eterno: *amém*.

25.

Amanhece o dia de sábado. E, apesar de tudo, apesar da cremação que precisamos fazer para esquecer, apesar de mim, de você, do que somos juntos e separados, vivos e mortos, é um dia lindo de se ver nascer. Mesmo que seja assim, de longe e de passagem, entre pontes e viadutos construídos na última ditadura, mas agora pichados para a guerra cotidiana; mesmo que seja com esta paisagem de homens abandonados nas sarjetas, desempregados e alcoolizados; mesmos que seja entre esses totens metálicos e de cimento enfiados aqui e ali para adoração e colisão dos motoristas irresponsáveis, drogados e sonolentos. Nas avenidas de putas que, de todas as regiões da cidade, voltam para suas casas e para seus maridos e filhos com os lábios inchados e os ovários doloridos, vê-se nos termômetros e relógios que o tempo esquentou e não para de se mexer, esgotando o nosso, o meu prazo, o prazo delas, sem parar. Eu também, enquanto retorno para o seu, o nosso lado, a bem dizer, tenho incômodos e dores, um cansaço que não é deste dia, nem de ontem, vem de longe, e eu ainda tenho este velho medo que me volta (*mesmo à luz do sol*) de ver coisas que não existem. Como distinguir os fantasmas que estão vivos daqueles que estão mortos, nestes tempos em que saudamos, saudosos, o retorno dos velhos tempos e dos homens ultrapassados? Retorno ao velho bairro com um novo gosto de ontem que me sobe do estômago, intestino, não sei. É um gosto antigo, de passado. De um tempo em que se olha para trás sonhando descobrir o que pode vir à frente: *nós só queremos saber o que vai acontecer, mesmo que seja o de pior que se puder imaginar!*

Os covardes são estoicos, corajosos ou simplesmente boas bestas para suportar os encargos das piores expectativas, é preciso dizer. Amanhã será confirmado em segundo turno, eleito democraticamente para a Presidência da República, um capitão reformado do exército que sente saudade da ditadura e não gosta de mulher, nem de veados, nem de negros, num governo de milicianos avalizado pelo exército nacional – desde as mais baixas patentes e instintos até o mais alto oficialato –, mas o desastre ainda não está plenamente claro para quem não quiser ver.

Do outro extremo, quase do mesmo lado, os velhos partidos de políticos estão prestes a se afogar ao mergulhar no salvamento dos seus líderes embalsamados...

É um belo dia de sábado, uma beleza aguda chega a ferir os poucos olhos que estão abertos. Enquanto isso, com esforço físico, fome, eu retorno ao velho bairro que se expande e se encolhe, encravado no asfalto amolecido como um bicho morto, um salto de sapato, um cancro sifilítico: *eu deveria viajar para longe no próximo feriado, é isso que eu vou fazer, distrair os filhos, meter na minha mulher...*

E logo essa ideia de "minha mulher, minha função, sua cremação, meu país, seus filhos, nossa miséria", essas possessões e possessivos, tudo isso desse jeito começa a me irritar, me deprimir. Retorno para o hospital dos italianos resignado, descrente de que pudesse me livrar do seu cadáver tão cedo...

Vende-se, aluga-se, troca-se, facilita-se – esta é a época em que precisamos nos desfazer de tudo. Ao me reaproximar do velho bairro onde se encrava o hospital dos italianos, são muitas as placas penduradas nos muros e portões, nas grades reforçadas e nas janelas emperradas dos automóveis parados por falta de combustível, nas faixas de pano rotas que ainda se agarram aos fios de alta-tensão anunciando qualquer coisa que acabou: *siamo tutti fottuti, a bem dizer...*

Uma população inteira de perseguidos por bancos privados, institutos do Estado e outros agiotas independentes em quem acreditamos em momentos de maiores facilidades, ou felicidades, não sei... Retorno ao meu, ao nosso lugar de origem procurando na paisagem por vestígios do que fomos, do que somos, mas nem sentir eu sinto nada. A nossa paisagem, como se sabe, se assenta em camadas de inexperiência: uma experiência esmagando e destruindo a outra até a absoluta ignorância em que nos encontramos.

Aluga-se, troca-se, facilita-se – muitos abandonam o que tinham, têm, porque até isso, agora, lhes dá prejuízo. Os empregos que restam cobrem as parcelas dos longos financiamentos e do crediário de curto prazo. As máquinas fazem todo o serviço sujo que os pobres faziam: *e o serviço limpo também, cazzo!*

Penso. O meu, o seu, o nosso país das muitas raças irmanadas rosna para os vizinhos estrangeiros, estranhos como quaisquer outros, nós, eles mesmos... E de súbito um filho da puta me muda de faixa e me cruza a frente do carro, numa fechada, num carro norte-americano: *fuck you, man!*

O tráfego e o trabalho ou a falta do que fazer para conseguir dinheiro tornam todos mesquinhos como ficamos. A maioria se agarra a bebidas, remédios para dormir, drogas para acordar, bíblias, guias e amuletos, além de pedaços de ferro e armas de fogo cujos maiores calibres serão liberados no primeiro dia do novo governo, num ato religioso: *vende-se, troca-se, facilita-se: saem os prevaricadores, entram os assassinos...*

Ao meu lado, o seu pacote meio que desembrulhado, entrevejo o sapato preto lustrado e fechado no saco, o terno dobrado no vinco: *então você sabia que isso ia lhe acontecer, desencarnar, morrer?*

Retorno pela avenida de minhas putas conhecidas, as putas de minha miséria, da miséria da nossa sexualidade oferecida, tabelada no açougue da esquina. O prédio envidralhado do hospital dos italianos, agredido pelo sol da manhã, chega a ser um alento: ele se destaca no platô do velho bairro, por cima das casas que se precipitam na baixada, escondidas elas, as casas, umas nas outras, como se tivessem vergonha do que são, ou do que abrigam. Não discuto mais com a máquina do estacionamento, mas, como um sinal dos meus, dos nossos tempos, eu estaciono de novo o meu carro, ocupando duas ou três vagas: *encher o saco do meu semelhante.*

Retorno e recebo o sol do estacionamento na cara, como um cumprimento. Entro no hospital e a velha e boa senha vermelha me dá direito à moça-sorriso na recepção: *faço parte da equipe de atendimento: em que posso servi-lo?*

Exibo para a funcionária o seu embrulho do asilo, a sua mortalha muitíssimo solene e bem organizada, num ritual preciso, coisa que eu nunca tinha visto, aliás, numa família de italianos carcamanos desleixados do nosso tipo: *trouxe isto para o meu pai vestir.*

E diante da surpresa da moça-sorriso da recepção, de uma moça que deveria estar ali para cumprir a missão do hospital que é salvar vidas, achei por bem acrescentar, num misto perverso de alívio e provocação: *ele já está morto, graças a Deus...*

Também acrescentei que eu ia me sentar na recepção e esperar, como tinha feito nas últimas horas, e que eu ia esperar muito, já sabia, já que eu supunha, eu tinha certeza, a bem dizer, o Estado ainda não me havia encontrado uma forma de arrastar o seu cadáver ao Serviço de Verificação de Óbitos, para autópsia necessária, pedida pelo cagão do médico de plantão, que teve medo de dar a primeira das duas assinaturas necessárias no maldito laudo final de sua morte: *são vários os órgãos de controle e de financiamento que precisam ser avisados, para as devidas baixas, para a verificação de responsabilidades...*

Dou de ombros, digo que estarei por ali, à espera de uma maldita ambulância, um bendito rabecão, a bem dizer, e que se quiserem falar comigo que me procurem por meio de minha senha preferencial: *com licença...*

Dito isso eu vou me sentar no maior sofá da recepção, no mais confortável, para esperar, conforme prometido. Mas mal eu me sento e logo vem um outro funcionário; cabisbaixo, eu vejo os seus pés calçados com protetor de tecido azul claro, os pés dele calçados naquilo se apresentam diante de mim, no maior dos sofás da recepção: *você eu conheço!*

Era o técnico de autópsia folguista do necrotério, ele me diz que neste turno ele também atua como "agente de apoio da zeladoria", encarregado de cuidar do despacho do seu cadáver, meu pai. Por isso e por aquilo eu me ergo resoluto para cumprimentá-lo: *boa noite, parceiro.*

Eu me incomodo porque ele me dá os pêsames de novo, esquecendo-se do que fizera antes, ou talvez conforme o treinamento recente a que todos naquele hospital estiveram expostos. Passo-lhe de imediato o seu embrulho de roupa. Ele toma o embrulho nas duas mãos. Como se fosse um ritual ao qual ele também estivesse submetido. Em seguida, com muitos cuidados, ele me diz que pode muito bem vestir o seu cadáver, é claro – que era uma de suas funções naquele preciso momento –, mas ainda assim ele me oferecia a possibilidade, "a deferência", de poder fazê-lo eu mesmo: *o quê? Vestir o seu cadáver, meu pai? Cobrir a tua nudez de panos, com o esforço dessas minhas mãos?!*

Agora sou eu quem me surpreendo, enojado. E o funcionário da autópsia, do necrotério, da zeladoria, não sei ele acrescenta: *muitos parentes o fazem.*

Daí que eu penso no estado de suas carnes, a esta altura... Na mancha verde que se alastra e se aprofunda no seu ventre; mancha que deve ter cedido num buraco profundo e obscuro, sim, e não sou eu quem vou tocar em você neste estado deplorável: *não, obrigado!*

26.

Agora o assunto do filme documentário nas telas de TV da recepção é o fundamentalismo religioso, e que, a considerar os boatos encenados e divulgados por lideranças políticas e espirituais, especialistas em comportamento social, matemática e psicologia, entrevistados com ou sem identificação, está havendo um verdadeiro êxodo de volta às origens, aos princípios mais básicos e aos dogmas primitivos em todos os credos místicos disponíveis no mercado. Os mais jovens dentre os fiéis, ao contrário do que lhes recomendam os antigos mestres, eles voltaram a se interessar radicalmente pelas poções mágicas de bruxaria, pelos trabalhos e exorcismos em templos e monastérios, preces em cavernas, em catacumbas, em becos, encruzilhadas, lá onde nasceram os seus medos mais ignorantes e as suas crenças mais ultrapassadas, criando constrangimentos para a nova ortodoxia. De acordo com os estudos, eram estes os jovens que antes reclamavam de emprego e de salário, mas que agora reclamam do fracasso da geração anterior. Reclamam que os mais velhos conduziram os seus cultos com desleixo, cultos que foram e são tratados friamente, segundo eles, que foram depurados de toda aquela "atmosfera encantatória" que possuíam nos primórdios. Não especulam mais sobre o seu futuro neste mundo; as miragens dos seus infernos estão outra vez e cada vez mais atraentes, inspirando grande interesse entre aqueles que têm pouco a perder por estarem vivos há pouco tempo. Mal são jovens e já querem morrer. Têm pressa de entrar no Paraíso e para isso sacrificam toda a sua inexperiência em ritos de passagem, excitantes e mortais. Gostariam que seus mártires se tornassem ainda mais violentos e selvagens do que são, e assim esses meninos, cegos de certezas fundamentais, estariam pressionando seus líderes, cobrando-lhes posições que não sustentaram, promessas que não cumpriram, gestos que não fizeram e essa moral que, conforme os seus porta-vozes: *impingem e divulgam sem praticar.*

Também não se conformam de fazer agora como os seus pais fizeram antes e apenas para chegar a um resultado um tanto pior, já que perderam até mesmo a decência daquelas ideias simples que tinham os avós, antigamente. É mais do que um "conflito de gerações", segundo eles: *é um conflito de desinteresses...*

Não aceitam o que fizemos de nós mesmos e precisam ser diferentes do que somos voltando à pureza do passado. Estariam apaixonados por essas ideias escandalosas.

Dormimos com um olho aberto e as duas mãos pousadas no pescoço, para a proteção de nossas cabeças – afirmam as mães, os pais e os doutores especialistas ouvidos em primeiro plano no documentário.

São nossos amados filhos e netos – finalizam melodramáticos –, *mas estão com nojo disso que nos tornamos.*

27.

Eu só sei que eu tenho fome – e me retiro da recepção para tossir a céu aberto. Fujo para longe dos táxis fétidos e dos prognósticos maliciosos, aterradores, dos taxistas, para a eleição deste domingo. Na esquina do outro lado da rua de baixo do hospital dos italianos, ainda brilha uma luz mortiça que sobrou acesa da noite, está quase vencida pelo sol e pela poeira em suspensão no ar. Há uma placa indiferente pendurada: Bar & Restaurante. E basta. Não tem mais nome do que isso. Num luminoso que também insiste aceso, a marca da Coca-Cola e duas garrafas cruzadas como as armas de um brasão.

Sinais dos tempos... Eu penso. Sacudo a cabeça do sono. Sigo naquela direção. O estabelecimento fica no nível da rua, para o lado de lá do mundo, do lado oposto do hospital dos italianos e do ponto dos taxistas, mas aquela rua de nome indígena, você deve se lembrar, é o último degrau antes que a baixada se precipite num único salto suicida para o lado das casas feias, dos sobradinhos descorados e das casas térreas cinzentas, paralisadas no bloco de cimento, infiltradas e desde sempre sem reboco; das vilas de casas dos nordestinos mais bem colocados entre os fodidos, das repúblicas de bolivianos e paraguaios sublocadas de peruanos e brasileiros tidos como espertos, ou violentos, mas todas elas democraticamente atacadas pela acidez, moléstias e umidade de um solo fedorento, instável e gelatinoso, que era um brejo desde sempre, a bem dizer, mas que fora aterrado no século passado, ou no outro milênio ainda, para a criação de novos espaços de armazenamento dos italianos bem baratos que chegamos depois de os portugueses terem tomado o lugar dos índios...

É o multiculturalismo – dizem. E têm lá as suas razões. Senti diversos desconfortos com esses pensamentos. Sabia que tinha a ver com isso e com certas regiões e ideais a que não se volta sem pagar um preço, ter dissabores e sob penas de...

Eu só sei que eu tenho fome – repeti, para me distrair de mim, e o fato é que eu não tinha mesmo comido nada desde o almoço do dia anterior. Já era manhã alta, a bem dizer. E senti a fome aumentar ainda mais naquela hora, ao perceber que tinha me esquecido dela até aquele momento. Então foi por isso que eu me dirigi ao estabelecimento pendurado na esquina: *ver o que temos por ali...*

Acho até que me animo, não sei, e me dirijo ao Bar & Restaurante na pirambeira atrás do hospital dos italianos com a esperança de me satisfazer com qualquer coisa que houvesse: um sanduíche de churrasco com queijo, um prato preparado à minuta, um pão na chapa, quem sabe, um café com leite, uma omelete...

De presunto, que seja, por favor... – mas no instante em que entrei no tal do "Bar & Restaurante", no momento mesmo em que pus os pés naquele estabelecimento pendurado na esquina, espetado na esquina por três ou quatro alicerces, palitinhos magros de cimento, e corroídos que davam medo, estabelecimento com vista privilegiada para a miséria cinzenta daquela porção da Zona Leste da cidade, assim que eu avancei para o pequeno salão que "tremia-se todo" com a passagem dos ônibus e ambulâncias, a bem dizer, assim que eu entrei ali eu comecei a me arrepender...

Boa noite, senhoras e senhores...

É cedo (*ou tarde, depende...*), tenho consciência da rudeza dessa gente e desses lugares que não fecham, onde se trabalha sem parar à custa dos trocados amealhados entre trabalhadores alcoólatras e vigaristas humildes, sem diploma. Eu não esperava frescuras, mesuras ou gentilezas, por certo, e das quais o maldito treinamento dos funcionários do hospital dos italianos já tinha me desgastado – porém: tirando a meia dúzia de clientes já atendidos, sentados às mesas de lata enferrujada sem cobertura e que me ignoraram de maneira nervosa, nada de garçom ou proprietário à vista de quem precisasse qualquer coisa. Não fosse pelos moribundos que ocupavam aqui e ali algumas das mesas, diria que o lugar tinha sido abandonado. O ar era espesso de gordura acumulada pelos anos e anos de pratos feitos servidos duas vezes ao dia, assim como as paredes, que brilhavam no obscuro do salãozinho mal iluminado; calendários, propaganda de cigarros paraguaios, brasileiros e bolivianos, de bebida alcoólica argentina e jamaicana, uma mesa de sinuca tamanho infantil encostada debaixo de uma lâmpada nua, onde dois cobradores do ônibus 374 disputam um "mata-mata".

Com licença...

Dentre os clientes cabisbaixos, mas desconfiados, eles me perscrutam curiosos com os rabos dos olhos e logo recuam aos seus assuntos e silêncios; entre essa gente de comportamento escuso e suspeito sob vários aspectos, também estão dois motoristas de ambulância dividindo uma garrafa de cachaça e um velho, que também bebe enquanto procura disfarçar, mas não pode evitar olhar com um misto de ternura, severidade e lascívia para uma menina que não passa dos seus 12 anos, que está malvestida e encardida, que divide a mesa com ele e come de um prato de arroz, feijão e bife com avidez – ela, sim, sem olhar para ninguém. Quando, por exemplo, os olhos desse velho cruzam com os meus, não são amistosos, isso eu ainda posso sentir, também.

Bebam enquanto podem – advirto, pois dentro de poucas horas a decretação da lei seca por causa da eleição há de reduzir o pouco movimento do lugar. Claro que a maioria continuará bebendo dos estoques que tem em casa, pois, sem remédios, bebidas e cigarros latino-americanos oficiais ou falsificados, poucos aguentariam o preço e a angústia de continuar. Ainda mais agora, nestes tempos, com a eleição desses candidatos, amanhã...

Serão quatro anos de tédio e de desespero, na melhor das hipóteses: saem os prevaricadores, mas entram os assassinos – eu me lembro e avanço para o balcão já com uma esperança muito reduzida de obter o que fosse razoável para se comer naquele meio ambiente, mesmo naquela hora perdida, em que pouco se espera de uma cozinha de bar na Zona Leste. E, a bem dizer, tudo o que eu esperava de ruim e desagradável se confirmou...

Deus me livre! – observo dentro da vitrine aquecida, onde o vapor se concentra permanentemente para murchar os produtos ali exibidos, numa bandeja de metal, uma almôndega abandonada que ficou atolada na graxa do molho de tomate endurecido. São dois os salgadinhos corrugados que não eram daquele momento, nem desta semana, talvez. Mortadelas e salames visivelmente mofados, mas guardados como iguarias. Peças de frios de mau aspecto, presunto e queijo enegrecidos, prenhes de botulismo. Por fim, um fio elétrico mal aterrado e, ao tocar o rosto no balcão, levo um choque. É na cabeça, a bem dizer. Fico atordoado.

Pode ser apenas uma impressão... – eu penso enquanto me recupero e me afasto esfregando a própria cara sonolenta, por via das dúvidas. À minha frente, uma porta coberta com cortina de tiras coloridas leva para dentro de um cômodo, uma caverna, a bem dizer, que parece responder pelo nome de "cozinha", mas está apagada e não tem janelas, nem saída. Sinto um arrepio e, de repente, quando me volto: *filhos da puta!*

Quando eu me volto noto que estava sendo observado pelos demais clientes, como no começo, e de novo, flagrados, recuam, mal disfarçando os sustos. Não ligo, mas quem gosta disso?

Eu me sinto incomodado – também não ouço qualquer ruído que venha da tal cozinha, lá no cu do fundo, nem tenho mais o menor interesse no que eu pudesse pedir para comer, a fome podia esperar por algo melhor do que aquilo, e decido sair. Entendo que ali não era mais o meu território, mas bem na hora em que eu faço menção de me voltar – desta vez para sair – para sair dali até aliviado, a bem dizer, até satisfeito com a minha desistência, convicto de retornar para lugar menos pior, satisfeito por voltar ao tédio da espera na recepção do hospital dos italianos – quando sinto isso com toda a clareza do meu espírito, essa certeza, é que ouço a descarga do banheiro e logo me vem o proprietário lá do escuro, com um sorriso parafusado na cara e o braço estendido para um cumprimento: *o que vai ser?*

Recuo. O proprietário baixa a mão estacionada no ar.

Não vai ser nada daqui. Nada pode "ser" aqui. Jamais quereria qualquer coisa de um lugar como este, dessa espelunca, a bem dizer, não quero nem partilhar com essa gente, o mau cheiro está parado no ar, o ar de cozinha de cadeia... – eu grito comigo, mas nada disso alto, evidentemente. É um desabafo. E falo apenas comigo, num protesto interno, covarde também, por certo. Olho o ambiente de relance, como fazem comigo. Agora, num instantâneo: os cobradores do ônibus 374 não tiram os olhos das bolas da sinuca, os motoristas de ambulância não tiram os olhos da garrafa de cachaça, o velho não tira os olhos dos peitinhos da menina e a menina não tira os olhos do prato.

Quero cigarros... – digo, peço, com humildade. Eu que não fumo há cinco anos, oito meses, treze dias e quatro horas e meia compro um maço de cigarros paraguaio, uma caixa de fósforos paranaenses do Brasil e volto para o hospital.

28.

O bombeiro civil que se encontra plantado em posição de sentido na recepção do hospital dos italianos e a quem eu me dirijo para perguntar sobre área de fumantes me garante – com algumas novas técnicas de convencimento, mesuras militares e velhas palavras de treinamento que eu já conhecia –, ele faz questão de me garantir que aquele era um edifício: *concebido e desenvolvido em consonância com as mais modernas técnicas e rígidas normas de combate a incêndio e que, portanto, a ideia era que o fumo fosse banido daquelas instalações...*

Um edifício para ser totalmente *"smoking free"*, segundo ele – o que foi o bastante e até pouco tempo, assegura o bombeiro civil contrariado: que era terminantemente proibido fumar em qualquer dependência daquele hospital e que a obediência a esta regra era assegurada por uma equipe chefiada por ele mesmo, e isso até período recente, mas que um levante dos tabagistas recalcitrantes, um movimento entre clientes e funcionários, os muito viciados entre eles, a bem dizer, o bombeiro civil me disse não sem raiva – *os malditos fumantes* –, eles haviam se apegado a um detalhe impreciso na norma, a uma insignificância semântica da mensagem, a bem dizer, a uma imprecisão descritiva da regra, ele me informa, que fala, de fato, de acordo com o texto e para ser exato: em ser proibido fumar "no interior" do edifício – o que foi usado como argumento (*deferido por uma comissão de sindicância interna!*) contra a própria lei de proteção do prédio, alegando-se que a varanda, de um lado voltada para a avenida das putas, vazia a esta hora, e de outro dando vista à paisagem horrorosa da baixada da Vila Prudente, que essa varanda exígua (descoberta, exposta ao sereno, é bem verdade), colada ao edifício apenas por uma pequena extensão de laje, uma rebarba de cimento que se comunica com o interior do edifício por uma porta de vidro, que tal "varanda", "nessas condições", era "área externa" e que ali se poderia fumar...

Expor os outros aos riscos destrutivos dos seus vícios... – a bem dizer, complementou o bombeiro civil em posição de sentido, profissional dedicado, fazendo o sinal da cruz, voto vencido em todo este debate, por certo, com raiva evidente daquilo que considerava um pecado contra si em particular e contra os pacientes do hospital em geral, de fumar cigarros de qualquer origem naquele meio ambiente já carregado de miasmas agressivos – ele me olhou com desprezo enquanto indicava o caminho: *é por ali, desgraçado.*

Eu não o culpava. Com os tempos que se avizinham, os melhores entre nós tinham se tornado descrentes e irascíveis feito ele: *como disse?*

Que a varanda é naquela direção, meu senhor... – e, apontando o elevador, ainda que servilmente, de acordo com o treinamento que recebera, o bombeiro civil me enxota de perto de si. Eu aperto o botão do elevador várias vezes, imaginando que assim eu posso escapar de perto dele o quanto antes, mas nenhum sinal de o equipamento me atender.

Aí é que está... – o bombeiro civil segue em posição de sentido, muito próximo a mim, exalando o seu descontentamento deste mundo perigoso com ruídos e gestos estranhos, tiques repetitivos, estalos de língua, barulhos autistas, fóbicos.

Muitos estão perdendo o juízo – noto. E, para me afastar do incômodo daquilo, rápido eu encontro as escadas escondidas atrás de portas corta-fogo. Abro e fecho tudo com descuido e estrondos. Subo de dois em dois os degraus e desapareço da cara transtornada daquele homem de deus, consciencioso e violento, para abrir a porta de vidro e sair do edifício, recebendo no peito o impacto do mormaço azedo que sobe do bairro logo abaixo, dos banheiros das nossas fábricas e igrejas infectadas, das oficinas de costura cheias de brasileiros, bolivianos, peruanos escravizados sem banho, dos bichos mortos nos telhados, das roupas mal lavadas penduradas para secar, das panelas gordurosas largadas nas cozinhas das casas de família.

Antes de respirar o ar daquilo, eu acendo os fósforos e o cigarro que eu comprei bem barato na esperança de que, mesmo depois de muito tempo abandonado o vício, eu poderia, quem sabe, encontrar algum alívio naquilo, fumar e relaxar um pouquinho, mas com o maldito do fumo a insatisfação não é diferente: o aroma químico e o acento ácido visíveis de produto adulterado, a palha de milho fibrosa e a serragem de eucalipto que fora misturada ao produto, a pólvora seca e a tinta plástica das inscrições no papel, o gosto de mofo duplo, de mato e de fezes de insetos queimados também não melhoravam o perfume. Cheiro. Trago o troço. Trago e tusso num arranco violento e de imediato meus braços começam a formigar, minhas pernas a tremer e uma fraqueza generalizada me ameaça o equilíbrio do corpo.

Vou desmaiar...

Em meio a funcionários da saúde e de médicos de convênio, ninguém faz menção de me acudir. Ao contrário, fazem menção é de se afastar, contrariados comigo, por lhes atrapalhar os malditos cigarros. Tenho que me virar sozinho. Cambaleio de encontro à guarda de ferro da varanda, a que dá para a avenida, e, quando olho a paisagem degradada da baixada, a confusão já está feita: há uma motocicleta deitada à beira da pista, perto do canteiro central da avenida, aparentemente em bom estado...

Mas o que é aquilo?

Nem tanto em bom estado está o motociclista estirado no acostamento, cujas pernas torturadas e contorcidas expõem a gravidade das fraturas aos que passam, indignados com a cena.

É horrível, não olhem! – trago e tusso e aponto a avenida na varanda, na companhia de médicos e funcionários da saúde – o que não deixa de ser repugnante, com o que todos sabemos sobre os malefícios do cigarro, hoje em dia. Na avenida Paes de Barros, todos passam apressados, mas de algum modo eles xingam o motorista do carro, aturdido e encurvado, ainda grudado ao volante, parado a poucos metros depois, enviesado na pista. No asfalto da avenida, a marca dos pneus cantados de quem tinha, talvez, evitado o pior, mas...

Não... – o pior ainda estava por vir. Observo na distância e elevação seguras da varanda, junto com os médicos e funcionários do hospital dos italianos. Trago e tusso com o cigarro paraguaio já queimado pelo meio e lá embaixo o motorista desce do seu carro e vai ao ferido, desacordado, parece: *você está bem? Não?*

Ninguém vai responder. Um grupo de motociclistas para na pista, se aglomera, se indigna e interdita o tráfego. Conversa com o motorista do carro por um momento. O motorista se explica, acho, ou tenta se explicar, parece, sobre a culpa de quem quer que seja no acidente, mas, por não se entenderem sobre um detalhe da regra de trânsito, talvez, ou por uma espécie de solidariedade maior com o homem caído, esta solidariedade de classe entre motociclistas, vai saber, combinados em sindicatos, redes sociais, telefonia móvel e cada vez mais fulos, os motoqueiros agrupados passam a depredar o carro do motorista em plena avenida.

É um espetáculo! – gritam alguns funcionários irresponsáveis aqui em cima. Lá embaixo, os motociclistas usam os próprios capacetes para bater no teto do carro, amassando a capota em pouco tempo, depois estouram, um a um, os vidros das janelas, os faróis, as lanternas e os espelhos, chutam e envergam as portas, arrancam maçanetas, causando enorme prejuízo: *olho por olho, dente por dente!*

Àquela hora e sob o sol, sinto frio profundo. E de repente surge uma chama na ponta de uma tocha que é brandida como slogan político social no meio da avenida tomada de assalto pelos motociclistas linchadores. O motorista do carro ainda tenta salvar o patrimônio que lhe resta e corre em direção ao que é seu, ao carro tomado pelo fogo que se espalha num rastilho, apenas para ser atingido uma primeira vez na nuca, outra no rosto, o que o leva ao chão sangrando, perdendo os sentidos ao lado do outro, do motociclista desmaiado no acidente, e nesse momento, porque o cigarro me queimava os dedos, porque ali havia um bom sinal dos nossos novos tempos, porque o comportamento dos funcionários do hospital dos italianos e dos motociclistas, mais o cigarro – *uruguaio? Argentino?* – que eu jogo no chão com nojo!, tudo me embrulha o estômago, o fígado e por isso é que eu deixo a varanda e fecho a porta atrás de mim.

Dentro da recepção, procuro um canto vazio e me sento e me escondo daqueles, de todos aqueles...

Dos outros... – espero e observo – de longe – o meio ambiente com tédio. A recepção está mais vazia, por certo. Parece que entram menos doentes, baleados e estropiados em acidentes, do que saem os costurados, engessados, atendidos, enfim. Os médicos fazem o seu trabalho, mandando alguns para a recuperação e outros para o inferno. As senhas numéricas e coloridas estavam sendo chamadas aos consultórios, ambulatórios e salas de cirurgia com maior velocidade. E mal se destacam as vermelhas como a nossa, "preferenciais". Parece que o *"rush* de desgraças" deste dia está se encerrando, meu pai. As ambulâncias começam a estacionar, exaustas. E já não tornam a sair, apressadas. Penso que uma delas podia te levar, agora: *você não tem pressa, mas eu...*

Bocejo até me doer o maxilar, a garganta... Na rede de televisões da recepção, um novo documentário afirma que, dos castigos imaginados pelos piores carcereiros e carrascos em toda a história, das mutilações a sangue-frio às torturas mais abjetas e privações de toda ordem, que nada supera o medo que o preso tem da solitária... Qualquer coisa que se possa fazer de mal contra ele será melhor, ou menos cruel, do que trancá-lo sozinho em qualquer lugar de onde ele não possa escapar. Sabe-se que poucos retornaram em bom estado depois que foram obrigados a permanecer certo tempo totalmente isolados consigo mesmos.

29.

Neste sonho que se repete com frequência preocupante, chego em casa mais cedo que o previsto. Estou contente pelo tempo livre que me resta no dia e pela possibilidade que se abre de passar essas horas com os meus parentes, tão próximos e tão distantes desde sempre... Mas já na garagem do condomínio tenho o dissabor de encontrar, ocupando a minha vaga de garagem, a nossa vaga numerada na garagem, um carro desconhecido...

Porra! Caral... – digo bem alto, um palavrão, dois, toda vez. Não é diferente dessa também. E também o que me chama atenção: que o carro desconhecido é um tanto parecido com o meu, o nosso carro, talvez até do mesmo modelo, porém mais moderno e luxuoso, por certo. Na porta do nosso apartamento, eu vejo uma chave metida na minha fechadura. Está lá pelo lado de dentro e dificulta ainda mais a minha entrada. Depois, no meu gancho de parede do corredor da entrada, há outra blusa pendurada.

E uma carteira de dinheiro e documentos diferente da minha, bem ali no aparador onde eu costumo deixar o que é meu. A minha carteira não está tão recheada de documentos oficiais, dinheiro, talões de cheque e cartões de crédito quanto esta outra, desconhecida, que ocupa o meu lugar. Toco no couro legítimo daquilo e sinto um desprezo horroroso. Ouço gemidos, balidos e ganidos vindos do interior da casa.

Mas quem diabo... – avanço em agonia lá para dentro. É o meu apartamento, o meu quarto, mas há outro homem cobrindo a minha mulher, em cima do nosso sagrado leito. Enfia-lhe um pênis duro e curvo ali por trás. Ele a engancha com a ponta da pica como se ela fosse uma cadela no cio, um peixe fisgado pelas costas. É a minha senhora que recebe tudo aquilo no meio das pernas; no meio sagrado da mãe dos meus filhos é que ele se mete às estocadas, de olhos bem abertos, como se lidasse com uma vaca qualquer: *e ela nem pia, a puta!*

Com certeza que ela se diverte, até – e muito, como sempre que a encontro assim, neste estado de espírito, neste meu pesadelo que se repete de novo. E de novo é o nosso cachorro Ringo quem reclama, rosnando para mim como a um estranho, aos pés da nossa cama, contra a minha presença.

Do que se trata tudo isso!? – eu pergunto indignado com o que é feito à traição e diante do meu nariz ao mesmo tempo. Protesto de braços abertos, me agito em minha consideração, mas nenhum dos três – homem, mulher ou cachorro – repara no que eu quero saber. Ao contrário: a minha mulher, por exemplo, se revira para o outro lado, dando-me a obscenidade das ancas brancas, justo ela, tão ciosa do seu rabo sagrado, gritando em seu furor de galinha, presa ventre a ventre com o estranho, o cachorro com o pênis roxo pendurado para fora, balançando o rabo, excitado com tudo aquilo...

Eu vou, eu vou! – e o outro que suspira, se afunda e acaba num jato longo, gozoso, atarraxado a ela, minha própria esposa, batendo nos ossos da sua bacia, fazendo barulho de carne martelada, xingando e acariciando em seguida. Está feliz como nunca esteve, ela... Vejo que ela se dá com ele como nunca tinha feito comigo, a filha da p...

Não é questão de moral, mas de natureza, meu amigo – é o que me diz o outro desgraçado, em seguida a se servir e se fartar da vaca da minha esposa.

Tem até um sotaque estrangeiro, eu acho – penso, mas nem em sonho eu digo o que penso, para não pensarem o pior de mim. Agora ele está deitado de barriga para cima, do meu lado na cama, a piça combalida ainda voltada para cima, para o lado de minha esposa, em uma nudez obscena, bebendo meu uísque com gelo e fumando seus cigarros brasileiros com filtro, a mão usurpadora pousada nas nádegas da minha mulher lânguida e saciada, de bunda para cima. Ela encosta a cabeça no ombro dele. E o alisa. Assim, ao lado dela, ele se afirma o mais potente, cuidadoso, competente, estudioso, alerta, simpático, perseverante, interessado e compreensivo – muito mais do que eu jamais poderia ter sido para os meus. Eu e eles percebemos que o outro é o mais eficiente, rentável e confiável em todos os níveis que venham a ser pesquisados pela família, que dispõe de maior capacidade de poupança, investimentos produtivos e constituição de patrimônio, e ainda assim, mesmo trabalhando tanto pela estabilidade financeira, ele ainda é mais prestativo e carinhoso do que eu ouso sequer imaginar, além de excelente amante em particular, e melhor marido em geral.

Sem mágoas... – ele me assegura que não é só por eu ter virado um velho, um fraco, ou repetitivo, mas sim porque eu me tornei "obsoleto", e acrescenta, cientificamente: *você já não é uma boa alternativa aos da sua espécie...*

A minha esposa desonrada concorda com ele com um simples movimento de cabeça, vaca. Diante de tantas inconveniências eu me desespero, como é de se esperar...

A minha esperança agora são as crianças! – digo enquanto me encaminho correndo para o quarto delas – esperando encontrar o alívio de um beijo, um abraço apertado ou um reconhecimento qualquer –, mas elas não veem mais em mim a mesma coisa que viam antes, veem nele até mesmo o futuro, aliás, a quem os meus filhos chamam de "papai" "papai"!, e por quem gritam de medo de mim, me exibindo no rosto inocente que eu conheço tão bem o horror dessa verdade inquestionável: *quem é você?*

Recuo abalado com isso e tomado por uma urgência de escapar desse sonho horrível, desse pesadelo que se repete com frequência assustadora, eu saio, deixo a minha própria casa, Ringo, o meu, nosso cachorro, corro para fora e para longe, afogueado, expelido por esses acontecimentos aterrorizantes, a bem dizer... Desço para o jardim do prédio, do nosso prédio, e para as ruas e alamedas tomadas da gente do meu bairro querido.

Bom dia! – é a cidade onde você e eu nascemos, e pela última vez. Aceno para todos eles, ao país inteiro, procurando alguém que me responda, mas ninguém mais registra a minha presença na face da Terra. Eu, o que eu represento, tudo foi extinto.

30.

Acordo de novo sem saber de que lado da realidade eu me encontro. Um fio de luz me atinge a cara e desaparece. Atinge a cara e desaparece. É a porta de entrada que abre e fecha e os faróis acesos das ambulâncias estacionadas que não se apagam, apesar do sol que já subiu alto.

Por que uma dessas tralhas não te leva para o forno crematório? – eu me pergunto em plena falta de logística daquilo tudo, e não aceito que os mortos não possam andar nos mesmos veículos hospitalares dos vivos, agora, contaminá-los, se for o caso, para depois serem limpos e higienizados: *criar empregos, afinal!*

O fato é que eu me vejo na mesma condição em que cheguei ainda ontem: órfão, mais cansado e esfomeado, apenas. Irritado, também.

Faz tanto tempo! – eu me ergo do sofá onde tinha me encolhido, onde tinha me escondido, a bem dizer, para esperar e esperar a bendita liberação do seu corpo; uma viatura com ou sem refrigeração que viesse buscá-lo, pelo amor de deus (*não somos de luxo...*) e cambaleio contrariado em direção ao balcão da recepção, me dirijo às duas funcionárias do plantão.

Senhoras! Eu preciso de alguma satisfação para esta situação de merda – penso em dizer, mas... Penso mais uma vez em dizer, e outra e...

Melhor ficar calado... ou não? – hesito por um instante Depois penso ao contrário: que não: que afinal você está morto e fedendo no necrotério lá embaixo, mas sou eu que estou bem vivo aqui e preocupado com o futuro tenebroso que você está deixando para trás. É justo neste sábado magro de melhores sentimentos. Amanhã será confirmado em segundo turno, eleito democraticamente para a Presidência da República um capitão reformado do exército que sente saudade da ditadura e não gosta de mulher, nem de veados, nem de negros, num governo de milicianos avalizado pelo exército nacional – mas ainda não está plenamente claro para quem não quiser ver. É o legado da sua, da nossa democracia, meu pai...

Vocês não têm do que reclamar – posso te ouvir dizer com bastante razão bem aí onde você está deitado, apodrecendo lentamente, vitorioso e acabado, na sua gaveta numerada e gelada de necrotério.

Eu sim é que estou ficando mais velho a cada segundo que passo aqui, do seu lado – penso. E me desespero num instante e profundamente neste momento, me desespero como eu me desesperei a vida inteira com este sobrenome que você me deu, como me desesperava do futuro que havia quando vivia entre vocês, quando dependia ainda mais de você, me desespero de nós, da minha mãe que não conseguia mais usar a faca sem pensar coisas, da minha irmã casada com um agente secreto viciado em bombinhas de asma, do meu irmão estelionatário que aprendeu tudo consigo, me desespero de vocês, de mim, de sermos o que erámos, somos afinal...

Não tenho tempo para isso... – grito pela primeira vez na minha vida, a bem dizer, na recepção do hospital dos italianos, entre sonolento, famélico e irascível, é bom que se diga também para eu me justificar desde logo. No silêncio daquele meio ambiente, não há quem – mais ou menos saudável e acordado – não se volte para mim. Eu mesmo, numa agitação crescente, não consigo mais ficar sentado, começo a pensar de maneira errática, furiosa e cegamente, mas com certa clareza filosófica, ao mesmo tempo, e a considerar o fato de que o nosso problema é justamente esse, que o problema é moral e cívico, esse nosso eterno costume de se acostumar, nosso servilismo hereditário para respeitar, nosso silêncio plástico, indolente e acovardado, e que a falta de uma oposição consistente contra isso, um grito contra o que não funciona, que a falta de reclamação com o estado de coisas, a falta de responsabilidade profissional dos médicos e dos serviços funerários, por exemplo, e de um posicionamento mais firme dos clientes daquele lugar, por exemplo – é o que parecia determinar aquela aula magna de desperdício do tempo de todos os seres vivos que tinham o azar de chegar até ali precisando de alguma ajuda; era também o que tolerava o atraso e o desgaste inútil das viaturas; era o que deixava expostas perigosamente as entranhas do edifício, propiciava epidemias de doenças já extintas, tolerava a demora e a burrice das redes de computadores e das autoridades delegadas, democraticamente aumentava o consumo de bebidas alcoólicas, de cigarros baratos, os acidentes de carro etc.

Faltam viaturas e sobram cadáveres, essa é que é a verdade – eu arremato bem alto, ali, outra vez. E logo fico assustado comigo, com os meus modos arrebatados. Também as funcionárias da recepção, que são duas. E o curioso é que as funcionárias da recepção, de novo gente desconhecida, operárias recepcionistas de um outro e novo turno, eu imaginava que elas estivessem muito bem preparadas para ocasiões desse tipo, para enfrentamentos com os impacientes, considerando altercações comuns ao horário, ao alcoolismo entre os habitantes do bairro e também o aumento das ocorrências contra servidores públicos desarmados, mas percebo diante de seus trejeitos hesitantes, das suas desculpas esfarrapadas e dos seus gestos defensivos que elas não tinham recebido o treinamento – *aqui sim, necessário!* – para reagir de maneira adequada a pessoas do meu tipo. Começa a juntar mais gente. Formam um teatro, em semicírculo, diante do balcão da recepção. E não há nada mais aterrorizante para um funcionário destreinado que lida com o público do que ver o público se juntando à sua revelia, se transformando em massa de manobra contra suas pessoas, para reivindicar melhorias nos serviços... Elas, as funcionárias, estão visivelmente alarmadas: *calma, senhor, um momento...*

Apertam botões. Abrem gavetas. Julguei ter visto uma arma. Falam nos microfones de lapela como espiões acuados num país estrangeiro.

Um momento é o caral... – eram tão velhos e doentes os que vinham receber auxílio que poucos dentre eles se alteravam com a má qualidade do que recebiam em troca.

Estão todos mortos por aqui? – eu perguntava, e não havia nem sequer alguns bons seguranças uniformizados nas proximidades àquela hora para defender as não mais sorridentes moças-recepcionistas. Tiro a minha senha vermelha amarfanhada do bolso da camisa e jogo na mesa das duas, diante delas, no balcão da recepção. Os parentes dos doentes, os doentes que conseguiam se manter em pé e os demais clientes nas proximidades, eles agora cercam o balcão da recepção. Eles se manifestam em concordância comigo. "Juntos os covardes são mais fortes", penso quanto a nós e eles, e que é como no anonimato das redes sociais, só aí se sentem livres para xingar e xingam o hospital dos italianos: *porco dio! Dio cannaio!*

E, sabendo que estão comigo, eu apelo para os sentimentos deles usando você, o seu estado de coisa: *meu pai está morto, senhoras e senhores, mas eu não!*

Ele tem razão! – argumenta o meu pequeno público esfarrapado, e me apontam com louvor. É questão de uma faísca mais irada para que o ar da recepção alimente o combustível.

Eu bem que poderia acendê-la com palavras mais bonitas do que essas que eu uso, neste momento. Eu poderia liderar um movimento revolucionário, avançar contra os guichês da recepção, pôr tudo abaixo, mas eu sempre fiquei confuso, e covarde, com o uso da violência e de palavrões. Há muitos tipos de miséria agora, meu pai. Por exemplo, um bando de doentes encagaçados, meio que estrangeiros, milicianos aposentados, desempregados da Calábria e do Paraguai e fascistas brasileiros, nossos, teus tipos que nos cercam...

Não. Chega! – perco o ímpeto de atacar as recepcionistas destreinadas com a mesma velocidade com que ele me veio. Recuo intimidado para o canto da parede. O bombeiro civil, acovardado em sua posição de sentido profissional não se mexe. Entendo que ele trabalha apenas com incêndios de verdade, o que ainda não aconteceu na recepção do hospital.

Nem vai... – é amável e docemente que eu me manifesto, baixinho, direitinho, mãos postas em oração, a bem dizer: *por gentileza, por favor, eu me contento com uma explicação que as senhoras me derem, pelo amor de deus...*

Telefonemas são disparados pelas moças assustadas e mais desculpas são apresentadas a mim, a nós, aos verdadeiros doentes...

Desculpem, é pegar ou largar... – aceitamos que ninguém poderia se responsabilizar por nada, naquele momento, e outra vez, já que os verdadeiros irresponsáveis estavam longe, provavelmente dormindo (*até vivendo em outro país, talvez!*), e seria impossível acessá-los àquela hora e fazê-los cumprir com qualquer coisa que prometeram em contratos assinados e eleições no tipo de país em que vivemos, com os tipos de italianos que somos, esses pobres brasileiros miseráveis: *morreríamos antes disso, por certo...*

Foi o que eu disse, em meu protesto. E houve um enorme silêncio, meu pai, um silêncio constrangedor mesmo... Só que em seguida começou alguém a rir aqui, outro ali e terminamos todos rindo, como sempre.

Esqueçam... – eu digo, no fim das contas e das broncas. Eu e eles, aqueles amigos e parentes que se insurgiram, nós ainda ganhamos um vale-lanche do hospital dos italianos. O vale-lanche é composto de suco de frutas argentino, barra de chocolate israelense, salgadinho mexicano e cappuccino em pó brasileiro – a que deve ser adicionada água quente – e pode ser descontado na lanchonete do sexto andar.

31.

Tudo o que evolui se complica – você explicava. Eu me lembro.

Tudo o que se expande se destrói – você dizia e me pedia uma prova que fosse de grande coisa que tenha prosperado o suficiente para ser chamada de eterna...

Nem o glorioso Império romano! – você argumentava. E sustentava que as primeiras formas de vida foram minúsculas, para poderem germinar, durar o suficiente para se consolidar e permanecer como espécies. São microscópicos as bactérias e os vírus mais antigos, e é isso que os torna imortais ainda hoje, segundo a sua "teoria da involução", a bem dizer.

Os dinossauros morreram todos porque eram imensos para caralho! – atestava a sua arqueologia, pornografia, logística, não sei dizer.

Os automóveis, os celulares e os computadores estão diminuindo diante dos nossos olhos – você me mandava ver. Os apartamentos financiados pelo governo, os serviços gratuitos do Estado, as populações de nossos índios, os motores, os eletrodomésticos e os instrumentos; as famílias, as pilhas e as baterias dos brinquedos de criança.

O pequeno consome pouco, suja pouco, gasta pouco – é verdade. É mais fácil de satisfazer o que é pequeno. O pequeno acaba logo, quando cansa. É pequeno o tombo do pequeno, já quanto mais alto o coqueiro... O pequeno se adapta a qualquer espaço, vende-se a qualquer preço e reage mais rápido às menores circunstâncias do seu meio, é certo. O pequeno cabe em qualquer lugar. O pequeno se conforma. É razoável, portátil, maleável. O pequeno cabe no meu bolso, eu não me esqueço. A leveza do pequeno lhe permite flutuar entre uma coisa e outra, pairar despercebido em determinadas ocasiões ou regiões comprometedoras.

O pequeno, pelo menos, passa rápido – você sustenta. Não cria casos. O pequeno não se incomoda, nem incomoda quem quer que seja. O pequeno provoca menos atrito com o que está do lado, em cima ou por baixo. O pequeno deixa um rastro insignificante para ser perseguido. O pequeno se esconde mais facilmente. E é mais fácil proteger o que é pequeno, envolvê-lo e preservá-lo intacto. É o pequeno que sobrevive entre os escombros, entre as ferragens, sugando o pouco de oxigênio que houver para viver. Só o pequeno sabe fazer durar o que é mínimo, sorver até o fim o que é escasso, lamber a última gota do tacho. O pequeno não perde tempo: *é ágil. Intenso...* – você insiste. O pequeno tem sempre mais saídas, por menores que elas sejam. O pequeno penetra no meio. O pequeno não chama atenção. O pequeno passa por baixo. As ambições menos problemáticas são as menores, você sabe.

Os grandes se orgulham dos horizontes que não atingem, mas é o pequeno que vê as coisas de perto, lhes conhece os mínimos detalhes – você assegura, assegurava, sugerindo reduzir a velocidade, a ansiedade, até parar, parar de se perguntar, repetir-lhe a experiência, me aprofundar nisso que somos, não sair do lugar, e filosofando a sua metafísica épica e barata para tentar me convencer: *só o pequeno pode ser profundo, já o grande pode, no máximo, ser pesado...*

Para perseverar, é preciso ser pequeno, você nos assegura, assegurava... Querer pouco. Querer cada vez menos: *apequenar-se.*

32.

Sexto andar – o elevador fala comigo e se abre; depois me convida a sair daquele lugar, ir retirar o tal vale-lanche no balcão da lanchonete. Para a lanchonete, siga a linha amarela. Mantenha o seu vale sempre à mão. Sorria, você está sendo filmado. Aguarde. Você vai ser atendido em breve. Continue por aqui. Toca bossa nova no sistema de som: *barquinhos, violão, um amor no coração*. Procuro o fim da fila para esperar e esperar. Lanço olhares em torno, para me distrair no amplo espaço branco e asseado que se abre em refeitório destinado aos pacientes, parentes e convidados. Seu tempo está próximo, informam. Tem o aspecto de um desses ambientes nunca visto, e ao mesmo tempo é um lugar comum a todos nós. Nas mesas idênticas, os homens e mulheres, sãos e doentes, todos eles igualmente lancham o mesmo lanche insosso; nas bandejas idênticas, sobre a mesma toalha descartável com a inscrição "hotelaria", os mesmos produtos padronizados pelas autoridades de saúde nestes casos, a mesma quantidade de calorias balanceadas por doutores nutricionistas e supostamente oferecidas "de presente" pelo hospital dos italianos: *há quanto tempo o senhor está em jejum?*

Não há por que perguntar, se todos ganham os mesmos compostos, mas respondem, respondemos do mesmo jeito, com disciplina, com submissão, com enorme educação pública. Sorrisos de treinamento nos balconistas. Uniformes engomados dobrados nos vincos como a sua mortalha, meu pai. Morrem de calor, deselegantes, mas a lanchonete do sexto andar do hospital dos italianos, em seu asseio, com este seu amplo espaço de limpeza e organização, realiza uma espécie de utopia socialista, eu penso, enquanto observo esses elementos e o movimento de velhos e moços, negros e brancos, doentes e sãos que descontam seus vales-lanche e ingerem todos a mesma e única refeição disponível, nem bem chega a ser uma refeição, mas um lanche insosso sob todos os aspectos da nutrição e da gastronomia, e ainda assim se vê, eu vejo, sentindo-se aqui todos muito importantes, como se o cardápio fosse uma maldita deferência aos gostos de cada um deles: *suco de frutas argentino; barra de chocolate israelense; salgadinho mexicano e cappuccino em pó brasileiro – a que deve ser adicionada água quente...*

A lanchonete do hospital dos italianos, pensei, realiza esse nosso sonho socialista, esse nosso, esse meu sonho de miséria internacional, também, de que tudo deve ser igual, pensei, horrorosamente igual, para que haja justiça, igualdade, 750 calorias pesadas e medidas: *a democracia deve ser ruim para todos, não é assim que vocês pensam?*

Posso te ouvir dizer, perguntar e de novo gargalhar das minhas confusões mentais, me atazanar. Também é uma utopia nazista, eu pensei, todos eles uniformizados, parentes e doentes, todos sentados em sua mesa, a carne moribunda derramada nas cadeiras sob um facho de luz, cada luz enforcada pelo fio duro e reto. Um conforto médio disponibilizado para não agredir os mais sensíveis, nem irritar os menos exigentes – 750 calorias: *nem mais, nem menos.*

Ao mesmo tempo é isso, este reles lanchinho, a bem dizer, ele tem o condão de nos apascentar os ânimos: *é incrível!*

Eu mesmo duvido, mas reconheço ali, ainda na fila, que apascenta o meu ânimo inclusive, eu penso na lanchonete do sexto andar do hospital dos italianos. Eles nos dão um copo de suco, um salgadinho importado e um pó doce intragável para misturar com água quente e eu abano o meu rabo, como um cão esfomeado, como vocês, todos eles ali, fico pensando nisso...

É como se eu gritasse por dentro! – todos esses doentes, todos os seus acompanhantes cheios de zelo, todos eles, como eu, nós nos deixamos calar com um punhado de farinha, de açúcar refinado e de sódio, é o que eu penso... Ao chegar, ao sair do elevador do sexto andar, eu ainda vejo, imagino a lanchonete do hospital dos italianos, nesta véspera de eleição, como uma espécie de paraíso socialista, ou sanitarista, nazista que seja, com este "conforto higiênico", este cheiro insípido de pinheiros e esta comida balanceada. Mas o que eles não sabem, ou o que nós todos não queremos saber, é que este maldito "kit lanchinho", estes compostos industrializados feitos para alimentar populações inteiras em qualquer parte do mundo, causando doenças (hipertensão, diabetes, câncer de colo) nuns e noutros, muitos deles, de nós, pensamos que estes venenos industriais são oferecidos gratuitamente, quando na verdade eles são cobrados, e são muito bem cobrados, apesar de extremamente venenosos, potencialmente mortais, eles nos são cobrados nas inúmeras guias dos convênios, tickets de estacionamento e nas faturas dos cartões de crédito. Tudo já nos foi muito bem cobrado ao longo da via inteira, a bem dizer, aos pouquinhos, por certo, mas inexoravelmente, cortando nacos e mais nacos progressivos da carne dos salários e do sustento de todos eles, nós, brancos pobres, negros e estrangeiros, velhos e doentes: *bon appétit!*

Obrigado – eu agradeço. Eu ainda agradeço. E na lanchonete do sexto andar do hospital dos italianos, sentado a minha mesa, diante da minha bandeja centrada no foco de luz, na suavidade daquela luz mortiça, eu lanço olhares mais ou menos furtivos ao redor, e penso: *o que se pode esperar de uma população, de uma cidade, de um país, disso que chamam "nação", que se deixa calar por uma bandeja de 750 calorias?*

Viro para o lado, para fugir do pensamento, do que quer que sejam eles, vocês, mas dou de cara com o meu rosto deformado, multiplicado e refletido em superfícies de metal e espelhos aqui e ali e eu penso: *o que se pode esperar de uma geração, a minha, a sua, a nossa, que se contenta com uma miragem socialista da indústria médica?*

É um povo drogado por brindes mais ou menos saudáveis, mais ou menos comestíveis, eu penso, por falsos acenos de prosperidade, é um povo burro que não gosta de estudar, que tem preguiça de estudar, que se atola em crediários subsidiados, o que se vende por qualquer miséria, esse é o eleitor, o endividado, o falido, o fracassado que aposta no fracasso total de tudo e de todos, é este o elemento do jogo, o "composto" que vai às urnas neste domingo, mas ainda não sabemos, ou não queremos ver o que vai acontecer...

É um povo com receio do futuro mais imediato – eu penso, que prefere ingerir seu vale-lanche agora, nas mesas higienizadas periodicamente na lanchonete do sexto andar, a lutar por outra coisa, por pior que seja. O melhor é comer agora, pensam, vamos comer o que pudermos agora mesmo, pensam, eu penso, o melhor é comer agora, enquanto estamos vivos para usufruir disso... Este o povo que vai às urnas no domingo, para trocar seu vale-lanche pelo vale-eleição do capitão reformado, num governo de polícias paralelas, de chacinas, de milícias, avalizado pelo exército nacional.

O que se pode esperar de um povo que se deixa comprar por um lanchinho supostamente gratuito? Eu penso, eu pergunto, em silêncio constrangido: *qual será a ambição maior de um povo que se curva a tickets e às mesmas promessas de melhoria às vésperas da eleição?*

Eu vejo isso: *ganham lanchinho e calam a boca* – eu penso, eu relembro o meu entrevero na recepção do hospital. É assim que funciona. Basta um vale-lanchinho, uma eleição no domingo, um pouco de bossa nova para lembrarmos de um sonho de prosperidade solar que não tivemos, uns tipos que jamais fomos, e pronto...

Um barquinho? Um violão? – porra!, eu penso. Penso nisso tudo em desordem, em turbilhão, mas não me exalto. Não me exalto porque todos aparentam essa satisfação nas expressões. Eu vejo, eu sinto, todos exibem, exibimos essa expressão drogada de satisfação, essa expressão suicida e linchadora de satisfação nos rostos, e não serei eu a me exaltar – aqui na lanchonete do sexto andar do hospital dos italianos, não serei eu a me insurgir contra o cadafalso em que subiram, subiremos no próximo domingo: *estamos uns contra os outros, e contra todos!*

Enquanto lanço olhares furtivos em torno, eu sorrio com tristeza de tudo isso, não é por você, meu pai, que já se vai mais do que tarde, deixando este legado terrível, mas por mim mesmo, pelos meus que ficaram, vão ficar, entes que, ingênuos como eu, gostaríamos de acreditar neste mundo cristão iluminista de lanches iguais, de poltronas acolchoadas para todos sentarem e de sonhos de ar-condicionado, mas não adianta: *somos pobres de espírito, assim como o somos do corpo...*

É assim que eu penso enquanto avanço sobre o meu lanche, insatisfeito, mas comendo tudo. Como se vê, no entanto, meu pai, eu como tudo como todos eles, eu mastigo e engulo como cada um deles, engulo, sim, o meu pensamento, os meus juízos sobre isso, eu mastigo aquilo e engulo junto com o meu próprio lanche, o lanche internacional que eu ganho "de presente" no hospital dos italianos, eu engulo o meu lanche sentado, como e bebo tudo, calado, em silêncio, prostrado: *são 750 calorias, pesadas e medidas, nem mais, nem menos.*

33.

Restituído ao tédio da espera nas áreas comuns da recepção no térreo, notei a aproximação da viatura através da porta de vidro que se abre e fecha, se abre e... Em seguida, quando a viatura estacionou em lugar descaradamente proibido, bem à entrada do hospital, bloqueando justamente o acesso das ambulâncias ao pronto-socorro, eu sabia que era comigo, conosco. Não usa sirene. Não aparenta qualquer urgência, nem tem a minha, a nossa foto nas mãos, mas quando o policial uniformizado passa pela porta automática, devagarinho, se abrindo e fechando, suspeitoso, olhando em torno; quando ele troca os óculos escuros dele por um de grau, espelhado, no hall da entrada, numa parada estratégica, pra olhar daquele jeito, é claro, nos espionar, eu já sabia; quando ele pôs os pés ali dentro, lançando aqueles olhares dele em torno, procurando culpa, eu pensei, senti, não sei, como quem procura sarna, nessa procura desconfiada para se coçar, se excitar, a bem dizer, eu vejo e penso, e já sei que sou eu, você, que éramos nós o assunto dele: *bom dia, senhoras...*

Ele, o policial uniformizado, ainda vai ao balcão da recepção, para o protocolo, se informar, não pega senha, vai para ter certeza do que veio procurar, mas eu já sei que é apenas para se informar a nosso respeito e ter a certeza do que procura, a certeza da minha identificação. O PM é velho, mas se vê que não evoluiu na carreira. Pelas braçadeiras, vejo que ficou soldado. É negro, também, o que não ajuda na hierarquia do nosso Estado. Tem dois dedos de cada mão enganchados nas laterais do cinto de munição, como um John Wayne de subúrbio – eu noto. Arrasta as pernas tortas de caubói como um sapo coxo, ele também, afetando uma pose qualquer, mas é velho demais para a função (*se tivesse que correr atrás de algum ladrão...*), logo se vê, sem qualquer evolução na carreira (*não se sabe se por questões raciais*) e às portas da aposentadoria, por certo, além do inchaço generalizado (*problema renal, meu Deus?*). Só os cabelos brancos é que são fartos, lambidos para o alto da cabeça preta, para camuflar a careca lustrosa e os anéis de banha enrolados na papada, descaídos na cintura da calça e as manchas de suor nas axilas do fardamento quando ele se vira e olha na minha direção, eu posso ler os seus lábios: *é aquele lá...*

Está uniformizado, armado e municiado. É a isto que se reduz a sua autoridade no momento, mas a dupla de recepcionistas da manhã, uniformizadas e engomadas na função delas, as duas recém-entradas neste turno, aterrorizadas, eu posso ver de longe, elas me apontam; denunciam com pressa a mim aqui do meu lado, no sofá duplo dos fundos da recepção onde estou mais ou menos resignado, escondido, esperando, esperando...

Filhas da... – covardes como somos em família, eu logo penso se não xinguei ou destratei alguém acima de mim. Imagino que o policial uniformizado vai me intimar ali mesmo, de maneira violenta até, contando com o beneplácito do presidente-capitão que vai governar a partir de amanhã, como se enxergasse em raio X os meus desejos mais estranhos em relação aos meus, a ele, a todos, os motivos que eu tivesse naquele momento, em relação a você, à minha própria família, aos demais, muitos, um porre!

Ponho a minha mão na consciência e sinto que ela está pesada, mas é como sempre, e irritada um tanto mais por tudo isso agora, culpado de qualquer coisa naquilo, acho, então eu cogito que seja por algo que porventura eu tivesse dito antes, reivindicado maior atenção, qualidade e eficiência da parte deles, do hospital dos italianos – o que pode ser punido severamente em nossa cultura... Posso ter agitado alguns pacientes e acompanhantes, talvez, não sei, algo mais acalorado, até, ou desbocado que eu tenha dito sem querer, uma suposta conflagração que eu teria criado na recepção do hospital dos italianos: *nossos mais sinceros pêsames...*

Não era nada disso. A mão do policial permanece estendida para mim, num cumprimento. E, aproveitando a oportunidade, eu a agarro. Sorrio com tristeza, a bem dizer, numa careta abjeta para a autoridade uniformizada; servil e aliviado de que eu não tivesse complicações com a lei: *nós conhecemos o seu pai.*

Ele me diz. Fala na primeira pessoa do plural, como se representasse alguém, a sua própria corporação de polícia militar, fala como se você não fosse um ganso, um X-9, um linchador covarde de putinhas nordestinas e batedores de carteira da rua da Mooca, mas um membro da força, da corporação, parte importante da seita deles, sei lá...

Só pode ser gente da sua delegacia, este soldado raso – pensei. Só pode ser da sua turba de linchadores, meu pai, aquela que se reunia às noites de sextas-feiras e aos sábados, para cachaça, torresmos e sessões de espancamento na edícula dos fundos da décima oitava delegacia. Eram moços e preguiçosos. Não faziam exercícios físicos ou mentais. Não evoluíram na carreira. Não estudaram e têm inveja de quem o fez. Variados graus de Alzheimer. São velhos agora, os que estão vivos, incapazes de levantar um taco de madeira ou acionar uma máquina de choque que seja para fazer mal a qualquer mosca, mas você e eles, a vizinhança inteira do bairro dos italianos, nós sabíamos a que vocês se prestavam, na época, no calor suado, viril e covarde de nossas delegacias de polícia, sabíamos quem eram os que se juntavam todos os finais de semana para o escracho das putas da avenida Paes de Barros e na humilhação dos travestis da Radial; eram eles e vocês que se juntavam no varejo da extorsão, na concussão, no exercício coletivo da prevaricação, nesses e noutros expedientes uniformizados pela vossa perversão de caráter sexual, a bem dizer, o que exerciam, covardemente, diante de jovens ladrões de toca-fitas e batedores de carteira, prostitutas estrangeiras sem documentação e os menores vapores do tráfico de drogas...

Isso tudo ainda vai piorar a partir da eleição de amanhã... – eu digo, ou penso, e o policial ali adiante: "me diga que não é verdade" – eu meio que falo, meio que penso, ali, diante dele, do soldado raso e velho da polícia militar, teu amigo, meu pai. Vocês saíam no entardecer de sexta-feira e nós sabíamos aonde vocês iam: *bobeou este torturador também vinha te buscar em casa, naqueles tempos...*

Eu penso, tento lembrar, mas não ouso dizer. E me recordo que vocês saíam sim às sextas-feiras, em grupo, vocês diziam que saíam para caçar, beber cachaça com torresmos, mas nós sabíamos que vocês saíam para bater, espremer e acossar animais já abatidos, humilhados, destruídos...

Sempre o que parecia fácil era o mais gostoso, no seu caso – lembrei, pensei. Muitos corpos torturados e almas penadas desta época disseram ter visto o seu, o nosso carro de família estacionado quase que em vaga própria, junto com a sua inconsciência, nos porões gelados da décima oitava delegacia...

O senhor tem algum palpite sobre a natureza do óbito? – ele me pergunta de novo, como os outros, as psicólogas de luto, os médicos-legistas e técnicos folguistas de laboratório, mas justamente ele, o polícia, não parece desconfiado. O pobre do policial ali imóvel em sua carreira diante de mim, negro coitado pela hierarquia do Estado, ele me diz quase que comovido que lamentava a minha perda, você: *o quê? Lamentar o quê?!*

Eu bem que deveria perguntar, mas não pergunto. Eu evito fazer os meus comentários quanto a isso, já que eu tinha desistido de criar qualquer confusão que adiasse o que eu queria fazer consigo, se não me engano, não sei...

Eu vou cremá-lo, por certo – isso eu garanto ao policial militar ali parado diante de mim e, diante dessa presença ostensiva, imóvel e incômoda, num certo descontrole momentâneo, eu confesso, acrescento para o pobre policial militar que eu só não o tinha feito ainda, que eu só não tinha jogado gasolina no seu corpo e o queimado lá mesmo, na gaveta em que se encontra no subsolo do hospital dos italianos ontem, hoje, porque preciso das "benditas assinaturas" de dois médicos regulamentados pra metê-lo no forno; que o médico regulamentado do pronto-socorro do hospital dos italianos, por exemplo, por ser um cagão de carreira no serviço público e por não conhecer o seu passado, meu pai, ele não quer liberar o seu corpo, o corpo dele, sem a autópsia, que a autópsia depende de uma viatura especializada, um rabecão qualquer que o leve ao serviço de verificação de óbitos, mas estes veículos não estão disponíveis, estão ocupados, não existem, não sei...

Chega! – ele me interrompe e diz que entende o meu estado de insatisfação. Ele mesmo sabe, de qualquer maneira, como o Estado não funciona no seu próprio caso. Mas diz que assim que soube da sua morte ele tinha cancelado tudo o que tinha para realizar, até prisões por fazer, e que tinha vindo direto, com as sirenes, as luzes e os alarmes acionados, no horário de trabalho, com a gasolina e a viatura pagas pelo erário, que tinha vindo o mais rápido que pôde, e que também tinha passado rádios em diversas frequências das várias polícias estaduais e também para as milícias paralelas que você e ele frequentavam juntos, grupos de amigos de WhatsApp, informando sobre o seu "passamento"... Depois o policial retira um bloco da polícia do bolso. E uma caneta. Ele lamenta me fazer perguntas, mas tem que fazer, obrigações temos todos a corresponder, por certo, eu concordo: *confirme seu nome, por favor?*

Eu digo.

E o dele?

O seu nome, ele quer saber. Digo isso também, de novo, como há muito tempo, e a sua baixa escolaridade, a minha um pouco melhor, e nosso endereço completo... Lastimo essa repetição, essa perda de tempo de responder sempre ao mesmo questionário, mas lastimo só por dentro, com receio da reação que posso provocar num militar de extrato raso diante das regalias que terão a partir do próximo domingo... Depois eu penso ali diante dele, dos silêncios constrangidos e solenes do PM seu amigo, eu penso que até parece que assim, repetindo-se tantas vezes, ele, o PM e os demais integrantes do serviço público, que eles querem me pegar em alguma contradição, como se eu estivesse num filme de suspense, sob interrogatório cerrado, mas é apenas esta nossa eterna, burra e maldita burocracia cartorial, uma "obrigação qualquer" de que ele quer e deve se livrar, também: *via laranja para o Serviço Nacional de Verificação de Óbitos, via verde para o Serviço Funerário, via vermelha para família do morto e boa sorte...*

Bate continência, faz meia-volta e parte

34.

A minha mãe, nós sabemos, nunca foi capaz de citar uma peça ou filme em cartaz. Ler mesmo, sabia e não sabia Decifrava a primeira superfície das palavras, tão cheias de camadas profundas, significados e entrelinhas já naqueles velhos tempos dela (seus), coitada. Nunca pendurou nas paredes uma gravura que fosse, de nada, nem de ninguém, nem mesmo do Nosso (dela) Senhor Jesus Cristo, a quem rezou, apelou – sem reposta – a vida inteira. O jornal usado ela via quando embrulhava o lixo de alguma coisa nossa (restos de comida, de sabedoria, catarro, fezes – era um emprego e um meio ambiente sujo e pesado, o da nossa família), andando décadas sem parar daqui para lá pelo mesmo lugar, fazendo uma trilha esbranquiçada de gasta no piso de cerâmica bordô, barata. Saiu bem barato, a bem dizer: foram 54 anos de serviços prestados continuadamente, 24 horas por dia, dormindo e fazendo sexo no emprego sem o acréscimo de prêmios e horas extras, do auxílio insalubridade, da atividade de risco psiquiatrico que desempenhava entre nós, sob forte pressão físico-financeira, religiosa e imoral no vosso, nosso caso, sem folgas de final de semana, feriados ou dias santos, quando então lhe doía (nos doía) ainda mais a frustração inexorável e insolúvel do que éramos, quando lhe aumentávamos ainda mais os trabalhos, as desfeitas e os dissabores.

Meu Jesus... – ela orava, implorava, mas foram três demônios retardados (por isso, talvez, "não violentos" "gente de bem", covardes) os filhos que você, meu pai, lhe deu, meteu, sei lá (dois homens e uma mulher, tudo supostamente), todos feitos às pressas, à imagem e semelhança e em curto intervalo de tempo. Era um enfiado no outro, a bem dizer, mas não como se fizessem amor. Parecia mais que não podiam ficar um segundo sozinhos um com o outro sob pena de... Quando pequenos tivemos inúmeros problemas para nascer, mamar, dormir, crescer, aprender a andar e falar, depois comendo, crescendo, andando ou falando demais, desaprendendo com a vida, as imbecilidades cotidianas, a rotina de privações e privadas, reuniões de pais e mestres, comunhões e confissões, as constantes visitas da polícia, dos oficiais de justiça, dos inimigos e amigos armados de queixas e revólveres, tudo no peito dela, meu pai, já que você caía num mundo de desventuras que desconhecíamos, livrava sua cara, mas não sua culpa, e ela ficava paralisada naquela nossa, casa dela, vendo a própria flacidez se avantajar no espelho do banheiro, chorando de fininho o irrecuperável que se esvaía no ralo do chuveiro, cada vez mais as roupas largadas, as boas fora de época pegando bolinha no guarda-roupa, o dinheiro minguado, magoando o que já estava fora do tempo, do espaço, do jeito... E teve aquele dia – você deve se lembrar ainda agora – em que ela ameaçou largar você, "meu marido", e ameaçou que de vez, e conosco, "as crianças, os teus filhos", para acabar de criar você sozinho, se ela não pudesse ter um dia da semana só para ela, para que ela pudesse...

Preciso cuidar mais de mim! – exigiu, se mostrando e nos amedrontando ao ponto de aceitarmos sua reclamação, horários, condições. Tudo foi combinado num jantar de sexta-feira e o sábado amanheceu glorioso... Então ela sai com a perspectiva e a promessa de voltar outra, à meia-noite do outro dia, talvez, mas acontece que mal nos dá as costas, mal deixa a casa de família, ela volta desamparada, nem meia hora depois...

Desisti... – disse, mostrando um par de chinelos de tiras que tinha comprado, desses que não arrebentam nunca, nem cheiram mal...

Coisa para ficar em casa... – disse rindo (tristemente, nós vimos), antes de se recolher e passar o resto do final de semana dormindo – o que se transformaria num hábito: "escapar para o sono", a bem dizer.

Dormir, talvez sonhar – eis o problema: pois os sonhos que vierem nesse sono de morte, uma vez livres deste invólucro mortal, fazem cismar. Esse é o motivo que prolonga a desdita desta vida...

Hoje dá até vontade de rir disso, daquilo que ela era, da tragédia. Naquela época não. Mas há épocas que são épicas e épocas que são... A minha mãe, nós sabemos muito bem, foi enganada na feira, no açougue, nos supermercados, foi desenganada nos postos de saúde, na maternidade e no matrimônio. Não funcionava, não funcionou, o que vocês tinham feito – e depois, o que nós fizemos... A minha mãe era burra como uma porta, você lembra. Mas sabia fazer leitão assado e linguiça de porco e chouriço como ninguém. Não tinha nojo de nada que se mexesse. Temperava com cachaça. Tinha mais medo do que não existia: deuses, espíritos, encostos.

Prendas domésticas – dizia ao censo, foi a profissão dela, desde sempre, desde os antepassados, desde os fantasmas mais antigos. No mais, éramos de classe baixa, nós sabemos. Para uma puta velha de cemitério, a minha mãe deveria ter ganhado muito melhor, você não acha? Mas para relógio nem lhe faltava o "tique-taque", a corda espanada, um parafuso solto na cachola, quando ficou doente da cabeça. Não parece ter escolhido nada disso, nem desistido do infortúnio quando lhe apareceram as oportunidades.

Aparecem oportunidades na vida de qualquer um, ela dizia, quando ainda falava, pois quando morreu já não sabia coordenar a abertura da própria boca, da bexiga, do cu. Voltou às fraldas, agora geriátricas e descartáveis. Ficava amarrada pela cintura numa cadeira de balanço, mas nunca fez menção de ir a lugar nenhum: *nem enquanto mandava nas próprias pernas.*

Também não é sabido que tenha imaginado coisas melhores do que estas.

35.

Tweet – "Quanto ao ciclo que se inicia: a primeira instância de adaptação é a família, a segunda é a escola, o trabalho é a terceira e o cemitério a quarta."

36.

A mim e aos meus irmãos você nunca pensou educar, a bem dizer. A mim e aos meus irmãos, ao contrário da minha, da nossa mãe, você nunca pensou em parar para ensinar o que fosse, mas submeter. Nunca pensou em nos educar, mas sempre fez questão de nos convencer. Nunca ensinar, mas "vencer", sempre como uma disputa. E através da gritaria e do espetáculo do constrangimento. Sempre com os mesmos gestos agressivos e os mesmos argumentos duvidosos. Sempre dessa maneira, pelo menos, é preciso dizer. Isso não podemos lhe negar: que você foi coerente conosco, emprenhando-nos o seu desgosto de maneira sistemática, incisiva, imutável: berrando as suas certezas, ameaçando-nos com a liberdade, propondo como certa esta moral difusa com a qual até hoje nos havemos... É, era uma longa experiência a sua, um conhecimento que burla as regras do jogo, que promove o logro, não a competência. Seu esforço, ainda que preguiçoso também, foi o de rebaixar-nos de forma sistemática, aniquilar-nos a razão iluminista, inviabilizar os nossos sonhos no nascedouro, trabalhando-nos no sentido de fazer de nós o estelionatário profissional que você não foi, não conseguiu ser, não sei. Você nos convenceu por um bom tempo com as suas promessas fáceis. Você foi o esteio do nosso lar, não a minha mãe, que sofria de nostalgia. Você nos submeteu sob a mira das armas dos seus amigos, inimigos, sei lá, mas você nos submeteu, principalmente, pelo seu desprezo pela inteligência, pelo seu incômodo com a cultura e pela sua devoção inata à astúcia. Este era o seu projeto espiritual para cima de nós, seus filhos, democraticamente: que fôssemos o melhor lado de suas moedas... Não a riqueza material que é fruto de trabalho, isto seria impossível entre nós, na nossa miséria, mas a riqueza material que é fruto de golpes financeiros, de falcatruas comerciais. O dinheiro que vem fácil, ao contrário de todas as sabedorias, este sim é, era o bom para você. Este sonho rentista em que você e a sua turma de batedores de carteira de delegacia consumiram a sua e parte das nossas energias. Nossos heróis não eram fortes, ou potentes, eram espertos. Nossos ideais eram baixos, deveriam ser fáceis de alcançar. Seus ídolos não tinham poderes mágicos, sabedorias celestes, mas tinham poderes terrenos, psicológicos, hipnóticos: *psicóticos, a bem dizer...*

Acontece que cada um de nós três, os seus filhos, o absorveu e reagiu de maneira diversa: o meu irmão, eu e a minha irmã – pela ordem de nascimento – nós o processamos de acordo com os nossos próprios pontos de vista, ou o que nos restou deles, durante e depois de você. Este constrangimento perene, este quase que permanente assédio espiritual, a bem dizer, o assédio da sua figura obtusa e de sua argúcia castradora, meu pai, todo o conjunto de nossa infância atingiu a mim e aos meus irmãos de maneira ligeiramente diferente, mas sempre desastrosa. Uns de nós estiveram mais ligados a vocês, a você, do que outros, uns foram mais crentes do que outros, uns foram mais obedientes do que outros; outros de nós fomos mais livres, mais descrentes, criados mais soltos, e irascíveis por natureza, também, enojados daquilo que éramos, que somos, por certo: *eu falo por mim...*

Porque era, é um sistema cumulativo: conforme nos mantinha em sua esfera de influência, meu pai; na verdade, quanto mais tempo nos mantinha sob seu controle, sob a sua asa protetora, a sua guarda paisana, quanto mais nos submetia às suas teorias de italiano carcamano, espertezas e filosofias baratas do tipo de italianos que somos, coisas emprestadas sobre a vida dos santos, dos outros mais imaginativos ou menos covardes, ideias de deus, de diabo, de raça, racismo, de fim de mundo, chantagens místicas de todo tipo – quanto mais tempo consigo um de nós passava, tanto mais nos isolava ali, e nos tornava inapetentes, causava dano e dependências complexas, a mim e aos meus irmãos...

É a sobrevivência do mais fraco! – você exclama, exclamava extasiado, batendo no peito, com orgulho daquilo em que vivíamos, lembra?

Então: meu irmão mais velho é de longe o mais lesado pelo seu sistema de regras e preceitos. Meu irmão mais velho esteve logo à mercê da maior ignorância de sua parte e da parte da minha mãe – que juntas, na época, não eram pequenas – e que desabou toda, desde cedo, sobre o primogênito. O tempo de exposição dele foi maior e, consequentemente, maiores as suas sequelas, se via, se vê. Você finalmente transformou o meu irmão no estelionatário que ele não tinha capacidade, ou o seu desejo de ser. Foi por amor a você que ele lhe emprestou o nome, o nome que você mesmo havia lhe dado no batismo, e você o tomou de volta para o estelionato, para a assinatura de cheques sem fundos, o endosso de notas fiscais e promissórias frias, para a compra de obras e terrenos inexistentes, para o assombro e regozijo do código de processo civil e dos cartórios de protesto. Hoje não se vê diferença entre a sua folha corrida e a dele, nos tribunais, ambas enormes, espelhadas; vergonhosas civil e criminalmente, com várias sentenças transitadas em julgado. É que ele apreendeu o que aprendeu desse jeito. Do jeitinho dos italianos do nosso tipo. Aprendeu na sua escola filosófica que o certo era errado e o errado era certo, que o espertalhão era o vencedor e que o vencedor por outras vias que não essas suas era um fracassado – essa confusão, essa tensão entre o bem e o mal, essa mistura desagradável, indigesta, dessas duas faces das suas moedas, armadilhas e lições que você nos preparava... O meu irmão mais velho, ele já não sabia fazer diferente depois de grande, e você tinha concebido e ensinado o caos em que ele vivia. De todo modo, o que vive tenso e confuso favorece a fratura. Houve um choque, por certo, em algum daqueles momentos. Um choque de realidade, e de personalidade, aconteceu. Demorou, mas aconteceu também com o meu irmão mais velho: *ele não o quis mais, não quis mais ser você...*

A bem dizer, foi isso. E quando alguém considera sair de uma esfera de influência de um outro tão sedutor e poderoso, uma esfera de influência forte, que atrai, que seduz, ao mesmo tempo uma influência mais tradicional, paternal, mais chantagista e influente, por isso e por aquilo, tendo ele estado desde cedo e quase sempre consumido por essas incertezas... bem, quando ele se desligou de você, tinha mesmo que ser daquela maneira, tinha que ser esta ruptura total. Um desaparecimento completo, a bem dizer: *sobre a notícia comentada aqui e ali de sua morte, por exemplo, onde quer que ele esteja, não respondeu sequer às condolências dos nossos amigos e parentes nas redes sociais.*

Já a minha irmã, a caçula, ela esteve bem menos tempo sob a sua esfera de influência. E nasceu mais aparelhada, a bem dizer, mais protegida, imunizada por certo, contra as suas chantagens. Contava sim com a vantagem de ter nascido por último, mas contava na sua "autonomia", também, o fato de ser mulher, temporã num lar de meninos, com o que adquiriu ares de princesa em certa época, logo na primeira infância, e com esses trejeitos e meneios de menina, este charme inédito para você, já que minha mãe adoecera com tudo isso, a minha irmã era capaz de conquistar tudo o que queria do pai, embevecido de fazer aquilo já entrado nos anos. À minha irmã você sempre cedia, sempre atendia, mesmo que contrariado, mesmo que humilhado, derrotado...

Sua irmã, sim, sabe lidar com o seu pai, eu desisto – minha mãe dizia, e sabia do que estava falando. Assim que você a recriminava, ela, a minha irmã caçula o recriminava de volta. Assim como você a chantageava, ela o chantageava de volta. Assim que você a escandalizava, ela o escandalizava de volta. Assim como você a humilhava, ela o humilhava de volta. Ninguém levava desaforo. Toda a primeira infância dela foi assim. Minha irmã caçula nasceu com esta sabedoria, ousadia, imunização, eu acho, não sei. Teve, na primeira infância, um senso de humor memorável, também, disso eu me lembro. Um senso de humor sutil, capaz de rivalizar com o seu humor degenerado, capaz de lhe expor as fraquezas e de lhe criar constrangimento diante dos demais, em festas e churrascos de delegados e nos quartéis da força, justamente a você, especialista em levar todos os outros ao maior constrangimento em ocasiões cívicas e festivas. Nunca o amor e o ódio entre dois parentes consanguíneos ficaram tão misturados quanto no vosso... no "relacionamento" de vocês. Depois, já na pré-adolescência dela, começaram a surgir os primeiros sinais do mesmo choque de separação, da mesma ruptura que ocorrera comigo e que se anunciava, mas nunca ocorria, por parte do meu irmão mais velho...

Fazer o quê? – ele sempre se perguntava, mas com preguiça e medo de se responder. Vivia fugindo dos agiotas e dos oficiais de justiça...

Entrada na adolescência, a bem dizer, com os choques e as rusgas entre vocês, a minha irmã decidiu envergonhá-lo. Descumpriu todas as promessas de castidade que lhe fez, por exemplo, e entregou-se aos seus amigos militares, quase todos eles, sem juízo, se deitou com batalhões inteiros do tiro de guerra do Cambuci, sem olhar a patente, pegava os homens uniformizados que houvesse nos arredores da avenida dos Estados, como se fosse um vício (teve vícios em outros remédios, também) e, sem ligar para cor, raça ou credo ou para a saúde ginecológica dos amantes até o dia em que ela finalmente também lhe disse, como eu lhe havia dito antes, que não lhe devíamos mais satisfações, antes de cairmos no mundo...

Não chore, papaizinho...

É preciso conceder que a minha irmã caçula, a sua princesa, ela foi mais bem-sucedida em envergonhá-lo do que todos nós juntos. Como nenhum outro de nós, irmãos de sangue, ou mesmo minha mãe, pobre coitada, como nenhum outro membro da sua família, a minha irmã o envergonhou bastante, é preciso dizer. Ela lhe criou imensos problemas, o fez passar por inúmeros dissabores, o aborreceu em diversas ocasiões, e ainda precisou de seus favores e que você pedisse favores em nome seu e dela a quem lhe desprezava, constrangia nos cartórios de protesto, na décima oitava delegacia, nos quartéis da força... Isso nunca lhe fez bem à saúde... E precipitou sua queda...

37.

O senhor precisa me acompanhar ao necrotério – ela pede, a funcionária manda, exige, não sei. Minha irritação e sonolência me desnorteiam a percepção das coisas, agora. É mais outra funcionária, isso eu posso perceber, nova esta também, mais uma de uniforme, dando a impressão de que toda população está empregada em algum lugar, quando sabemos que varejam por migalhas em toda parte, isso sim; uma terceirizada qualquer, provavelmente destreinada para hoje e cada vez mais distante do nosso problema, a me tratar com essa frieza técnica, diligente, altiva e servil ao mesmo tempo.

Outra vez, meu deus! – me admiro com aquilo, impreco contra a minha condição de filho órfão, incomodado e oprimido com o chamado escandaloso da minha, nossa senha preferencial no painel luminoso, indignado com essas idas e vindas a que somos obrigados pelos empregados nesta...

É urgente – ela encerra o assunto, me dá as costas sem hesitação e eu me ponho a seguir com ela, rabo entre as pernas, obediente, outra vez pela porta camuflada na recepção, dos bastidores da entrada de funcionários às entranhas do hospital dos italianos e prédio abaixo, na direção do centro da terra, a bem dizer, sem nenhum elevador que não seja estritamente destinado às macas de mortos e feridos, com as suas reentrâncias e saliências escondidas nas paredes, desavergonhadamente mal-acabadas todas, como sempre ocupadas por gente "de folga", aproveitando-se desses falsos momentos de liberdade que acham que têm, desses "tempinhos roubados" ao patrão que for, público ou privado, impondo-se intervalos alongados e modorrentos entre as tarefas necessárias, adiadas insuportavelmente, realizando apenas as tarefas desnecessárias, e tudo agravado pela falta de interesse e de vigilância interna; são médicos, médicas e enfermeiros, faxineiros, motoristas de ambulância, de rabecões estacionados, técnicos de laboratório, folguistas indiferenciados e demais empregados da vida ou da morte, como queira, matando o tempo deles, o meu, o nosso tempo precioso, dizem, fumando cânceres, mandando mensagens apolíticas, cívicas e de alento para grupos que pensam o mesmo pensamento que eles, que rezam pelos mesmos catecismos que eles, com os mesmos preconceitos e deuses que eles, que votam nos mesmos candidatos que eles na eleição de amanhã, um domingo terrível que nunca mais iremos nos esquecer, advogando as mesmas velhas soluções fáceis para os problemas difíceis que eles têm, temos todos – e menos praticando a medicina salvadora que se espera deles, e para o que, afinal, existe esta bendita empresa médica, o convênio falimentar desses imigrantes fracassados, o hospital desses *maledetti, figli di quelle pu...*

Pois não? – ela pergunta, não ouviu direito o que eu disse. Eu desconverso e me arrependo de deixar vazar estas minhas reflexões mais profundas dessa maneira, e por me revelarem elas também, os sentimentos obscuros – e os que me escapam são justamente os piores deles, cada vez mais, vou dizer, sobretudo...

Nada – eu me organizo as defesas e respondo resignado, fiel aos seus velhos ensinamentos de que, se a gente quer se livrar de uma situação desagradável, cansativa, trabalhosa, o melhor é não falar nada, não fazer nada, não pedir nada: não questionar, mas disfarçar, não chamar a atenção, mas ignorar, não enfrentar, mas dissimular, se acovardar até, mas deixar passar o que quiserem para ver onde é que se chega, como é que você fica. Era, é essa sua, nossa filosofia, certo? A nossa velha estratégia de sobrevivência, também essa coisa de ratos assustados, lembra?

É urgente, então – eu penso nisso e naquilo e rio das urgências, tolas todas. Rio, mas nem me surpreendo quando imagino que posso muito bem chegar e encontrá-lo lá embaixo, no velho porão mofado do necrotério, recém-acordado, atordoado ainda, sentado na maca fria, cara inchada de sono e de surpresa, ou já em pé mesmo, encostado na própria gaveta, meio pelado, meio ridículo, com a bunda branca e peluda aparecendo nas costas dos panos mal amarrados do avental, assustado de ter dado de cara com morte, mas ainda disfarçando dela, a seu modo, lógico: com as piadas sujas e grosserias a seu respeito, a respeito da sua teimosia e durabilidade infinitas, afirmando que tinha sido "um *cazzo* para conferir o tal do céu", "um bando de carolas", "e que o inferno também, porra, era um sofrimento desgraçado, mas meio sem graça", daquele seu jeito, batendo no peito, arrogando que o seu deus e diabos tinham lhe mandado de volta aqui para baixo, aqui entre os vivos para encher-nos o saco, que você tinha lá "das suas bruxarias" também...

Não se iluda, meu pai: você vai ser bem queimado na fogueira, e reduzido a um punhado de cinzas, a seu tempo – penso, torço, converso em silêncio com você bem morto lá, aí na sua gaveta numerada, exclusiva, enquanto desço essas escadas e mais escadas e de repente...

O que é isso?! – eu me admiro e me pergunto um tanto enojado. E, como num filme de medo, mas de um modo mais desagradável do que assustador, mais enjoativo do que aterrorizante, me acontece de, ao chegar de novo naquela sala profunda, na sala de espera do necrotério cavada nas profundezas da terra úmida e contaminada de esgotos do velho bairro, não por acaso, ela também úmida e sem decoração, como que mergulhados numa tina de formol, ali, diante do horroroso guichê de vidro da sala de espera, me acontece de ver sentado numa poltrona, "dar de cara" sim, a bem dizer, com um fantasma...

Mas o que é você?! – grito, pergunto quase indignado, surpreso, porque não é o seu fantasma, por certo, não é a sua aparição, ou reaparição entre os vivos. Isso eu posso ver. É sim um velho do seu tipo, está claro, um velho com um dos pés na sepultura, se vê, encurvado, claudicante enquanto caminha na minha direção, de avental e cabelos brancos, uma barba branca pouco higiênica, espalhada como sujidade no rosto esmaecido, cinzento, pergaminhado... Um médico, aquilo?

Doutor... – ele me responde nessa hora, me estende a mão e me diz o nome. Sim, era médico, clínico geral e especialista geriátrico. Notei no corpo dele as evidências de sua especialidade, mas segurei o riso de escárnio para evitar provocações, outra vez. Ele diz que tinha sido informado havia pouco, pelos grupos de "amigos" dos aplicativos, da "tragédia que se abatera sobre a nossa, a minha família", que a sua perda o consternara, consternara a todos e que lamentavam eles lá, eu sei muito bem quem, o ocorrido...

Pois é – eu digo.

E o que mais eu poderia dizer para um desconhecido daqueles, um estranho, a bem dizer, com a velha educação moral e cívica que eu tive de vocês? – acrescento, me pergunto naquele momento obscuro, indigesto, por dentro, quietinho, sem saber que resposta me dar, dar a este velho de avental na minha frente, mas ele se sente em casa no hospital, sente-se à vontade no necrotério, ergue-se, vai ao guichê de vidro, pega uma via do seu prontuário clínico – *laranja? branca? vermelha?* –, muda de assunto...

Você causou inúmeros transtornos no asilo, esta noite, menino – diz ele, a aparição médica, neste tom paternal característico de quem se acostumou a mandar. Entendo que ele o conhece do passado (*horror! Horror!*), e que ele presta serviços à "clínica de repouso", embora pelo seu aspecto ele devesse estar internado por lá... Neste instante, eu puxo pela memória do que tinha acontecido... E só me lembro do asil... da tal clínica, em total silêncio, ou quase isso, um silêncio que existia apenas para ser rompido pelos roncos aflitivos que os pulmões ressecados de cigarro e enfraquecidos de poluição faziam ao tentar puxar o ar para dentro, tentar puxar o ar para dentro... O vigia e a enfermeira de uniforme encardido que foram acordados, eles sim, os funcionários fizeram aqui e ali alguns barulhos para encontrar seus documentos e sua mortalha, necessários à burocracia do Estado, mas os pacientes mesmo, esses de que falamos, muitos deles nem me pareceram estar vivos!

Estavam dormindo no modo profundo, ou coisa pior, melhor, não sei – me defendi como pude daquela insinuação, provocação, acusação, achei comigo, mas não era nada...

Acalme-se, por favor – diz o fantasma, o velho médico, o seu amigo, meu pai, e logo acrescenta que tinha sido "sem querer" de minha parte, na verdade... O seu sumiço, aparentemente bem-sucedido, tinha excitado a imaginação dos outros moribundos, seus colegas de asil... Mas a notícia de sua morte, a notícia que inadvertidamente eu levei à maldita "clínica", em particular a informação sobre o insucesso de sua fuga... Bem, o seu fracasso tinha "deixado um legado", mexido com os humores dos velhos e causado tumultos...

Você deve ter falado para eles o que ia fazer, por certo! – pensei.

Deve ter descrito o seu plano com um sorriso de lado a lado, convencido a todos da esperteza e da ousadia dos seus passos – pensei.

Deve ter se gabado muito disso, daquilo que ia fazer – pensei também. E por fim eu concluí: *é bem do seu estilo criar, e destruir, uma a uma, as melhores expectativas. Até as suas, a bem dizer!*

O fato é que, quando o vigia e a enfermeira de uniforme encardido explicaram aos moribundos que despertaram no meio da noite que você tinha sim partido, que tinha sim fugido, mas apenas por uma dezena de metros ao ar livre, apenas para depois, na primeira esquina, cair morto praticamente, sufocado com este ar livre, a bem dizer, quando eles souberam deste seu desenlace ridículo, quando conheceram o desfecho patético – e você deve ter lançado das suas bravatas mais dramáticas, espetaculares e inconsequentes antes de sair... Por isso, pela inflamação que você causou entre os seus, como causava entre nós, quando eles souberam do seu fracasso completo (*como conosco, eu lembro de inúmeras vezes...*), quando a notícia se espalhou na noite do maldito asilo, houve lá como que um "desconforto coletivo", não sei...

Um princípio de rebelião – ele, o médico-aparição, seu amigo me diz. Diz e logo ri de si mesmo. Rio eu também, dele, de vocês. Rimos os dois de uma "revolução de velhos", mas logo eu entendo do que eu rio, penso na eleição do próximo domingo e me calo. Ele continua rindo "à larga", como se diz, com a ideia engraçada, mas tal ideia me soa um vaticínio, agora, dos novos tempos.

O doutor me chamou? – estimulado por este meu tratamento, talvez, por certo um tanto deferente, servil, a bem dizer, o velho médico afeta seu tom mais científico e tecnológico, seu tom mais moderno possível, ele me diz que sim, que apesar dos progressos da medicina geriátrica, das recentes condutas de rejuvenescimento que se utilizam de células-tronco, da medicina nuclear, dos radioisótopos, das vitórias sobre o mal de Alzheimer e de Parkinson, de toda a bendita medicina contra a mortandade, o fato inescapável é que há um maldito momento em que a carne frakeja, se esgarça, se rompe... Os olhos não veem, o olfato e o paladar já se foram. Os rins não querem mais filtrar e se entopem, os maços de cigarros nacionais e estrangeiros nos pulmões, as feridas no estômago e o fígado gordo já não ajudam e tudo isso para cima de um velho coração... Discrepância entre oferta e demanda de nutrientes, intermitência do fornecimento de sangue, ramificações tumoradas, necrose coagulativa, enfim, eu sabia... Ele me diz que no fim foi isso: *você morreu do seu coração.*

Diante dessa constatação óbvia para mim, mais o sono que eu tinha atrasado, mais o lanche gratuito do hospital dos italianos me fermentando por dentro, ninguém me chamando de minha própria casa para me dar vida!, me tirar um pouco daquilo, daquele ramerrão mórbido, um alento da minha e não da nossa família, oprimido pela atmosfera lúgubre do necrotério a que você e o seu médico me submetiam, eu perdi a paciência: *desculpe o doutor, mas isso eu já sabia! Não preciso de sua avaliação científica, de sua opinião de médico de asil... Mas sim de uma autópsia, alguma coisa mais definitiva, que me permitisse cremá-lo, me livrar daquilo, disso, nós, você...*

Ele espera que eu termine clinicamente, com uma paciência de velho que me irrita: *eu compreendo...*

Ele diz. E também me diz que, em meio a toda minha agonia e tristeza, agonia e tristeza da minha família – que ali se reduzia apenas a mim, pois os outros tinham morrido ou desaparecido de você, do seu mau gênio antes –, ele, pelo menos, "tem uma boa notícia"... Que a boa notícia que ele tinha, pelo menos, é que seu corpo estava, está: *liberado para o luto da família!*

Como assim? – eu pergunto, digo, penso, fico puto, não sei: *e a tão necessária da maldita da autópsia, porra? E a viatura/rabecão solicitada para o morfético Serviço de Verificação de Óbitos? E a hipocrisia da avaliação precisa e isenta de um médico-legista, funcionário público, diante da morte? A tal da severíssima legislação sobre a morte que paira sobre as nossas cabeças, neste município de velórios, caralho?! O que fazer com a GEC, meu deus, a merda da Guia de Encaminhamento de Cadáveres? São milhares de senhas diferenciadas segundo critérios técnicos e de justiça, são milhões de vias brancas, laranjas e vermelhas preenchidas por técnicos de laboratório e folguistas bem-intencionados em nome de médicos preguiçosos, iletrados... e para* que, hein? É que os sonhos que vierem nesse sono de morte, amanhã, uma vez livres deste invólucro mortal, fazem cismar... não fazem? É assim que não se vê o que ninguém quer olhar? Vamos todos morrer um dia, por certo, mas... E o que falar desta necessidade demográfica de informações sobre a morte, que todos temos, para saber do que e como morremos, pelo menos? Cadê, velho?

Eu acho que eu perguntei tudo isso, sim, mas de maneira menos afoita, mais educada, a bem dizer, sem tantos palavrões e adjetivos, acho: *não vamos permitir essa humilhação com o nosso prezado amigo e o seu filho...*

Ele diz, "me assegura" daquilo. E antes que eu reaja, me insurja, ele prossegue como se fosse com ele, dizendo que "tratou de tudo", que ele tinha visto o corpo, que estava bem-vestido e asseado, preparado bonitinho para o velório, o enterro...

Será cremado! – eu digo, mas ele não me ouve e finaliza dizendo que tinha assinado o laudo, que eu, você, nós estávamos "liberados" de toda aquela... "burocracia execrável" ele diz, enojado também.

Mas veja – quando eu lembro a este velho fantasma clínico, ao médico seu amigo do asilo, da décima oitava delegacia, das sessões de tortura e de espancamento, quando eu lembro a ele que eu, nós, que você precisa de duas assinaturas, com dois números oficiais de CRM para cremá-lo, ele me responde com altivez, e de modo incisivo... Agressivo, quem sabe...

Eu lhe disse que tratei de tudo – o velho orgulhoso, médico, doutor, ele me informa que tinha convencido o outro médico, o médico de plantão que tinha lhe atendido junto com os paramédicos, que ele o tinha convencido a assinar o maldito laudo, que este laudo era definitivo, com duas boas e benditas assinaturas...

Tudo de acordo com a lei, por certo! – ele exclama com a certeza de quem conhece as entranhas deste estado de coisas, de trâmites oficiais, e diante do meu silêncio desconfiado daquilo, da minha surpresa com a solução rápida de tudo, de repente, o que se anunciava como espera tediosa...

O médico de plantão disse ainda ontem que ele próprio estava proibido de assinar o que quer que fos...

O seu amigo, o velho fantasma, seu médico de asilo, colega de execuções sumárias na décima oitava delegacia, ele me corta, incisivo, agressivo de novo: afirma que hoje em dia os médicos de plantão do velho bairro são todos uns cagões mesmo, que têm medo de polícia e de bandidos, que fizeram escolas do governo e privadas muito ruins, que mal terminaram a residência em sua especialidade e que imploram por empregos e estágios em qualquer clínica de aborto, que são incapazes de discernir um corpo morto de um vivo, num pronto-socorro ou necrotério de subúrbio...

Democratas, comunistas do caralho! – ele grita, apregoa comigo, me envergonhando, conseguindo me envergonhar naquela sala deserta, ali onde ele grita que todos os outros são muito diferentes do que vocês eram na sua geração, a sua geração e a dele, meu pai, que se envolviam, que assumiam os riscos dos seus desvios..

Torturadores acobertados pelo estado de coisas, pela eleição de amanhã, domingo, linchadores, assassinos excitados como tarados apolíticos... – eu só penso isso, e nas putas nordestinas e nos veados pobres e nos trabalhadores, cujas carteiras vocês batiam às sextas-feiras, sábados e domingos, em *blitze* nas esquinas sitiadas, na extorsão autorizada pela décima oitava delegacia de polícia, a sua época áurea... E contra todas as regras e os trâmites, cometendo inúmeras irregularidades e violações dos procedimentos sanitários e legais, seu corpo é liberado para cremação, devidamente atestado por duas assinaturas irresponsáveis, assim mesmo: com uma canetada do seu velho amigo uniformizado, este Mengele de periferia... E o que eu digo?

Obrigado... – é tudo o que eu digo. Diante de toda a iniquidade jurídica, de toda a iniquidade contra a saúde pública que este velho amigo velho está operando, eu apenas digo isso: obrigado... Eu apenas agradeço...

Agora você só precisa de um caixão – ele me instrui, e se despede.

Nos vemos no velório, no salão ecumênico do crematório – ele me diz e me deixa ali plantado na sala de espera do necrotério, úmida, fria, sem decoração. .

38.

Ora, veja se uma coisa dessas não é, a bem dizer, exemplo da mais pura degeneração: estamos todos neste maldito velho bairro, na velha rua de casa, na cara dos vizinhos e amigos mais antigos reunidos em festa. É uma tarde de domingo, ou de sábado como esta aqui agora e é nisso, naquilo, que me dobra a esquina o tal do vulto, é um vulto estropiado e recém-vencido pelo copo, se vê, troço torto que teima em ficar reto, mas que se enverga, para cair, se curva, para se acertar, volta, mas tudo isso num equilíbrio muito precário, andando a esmo pela via pública. Até parece à procura de atropelamento, o desgraçado, torcendo para chegar a algum lugar, mas perdendo para a gravidade do vício congênito, para a repulsa do que o punha para baixo, para a repulsa do que era baixo nele mesmo, no que tinha feito de si e dos dele próprio... Ele está voltando para um lugar que não pode chamar de lar há muito tempo, por certo, mas que não há outro, nem tem onde cair morto, nem é muito diferente do resto quanto a isso, oscilando nos pés redondos, pensando que avança a passos rápidos quando está apenas voltando para trás, cada vez mais para trás enquanto pensa que segue mais e mais em frente, se esquivando, ou se escondendo de qualquer coisa em movimento que vem em sua direção, na direção dele...

Bêbado desgraçado! – gritamos excitados para o velho em completa desordem sentimental, muscular, gástrica, psiquiátrica, girando feito corpo celeste por eixos imaginários e fantasmagóricos... Mas é apenas o palhaço burro, o porco lunático e o bode expiatório que teima em chapinhar a sua decadência à vista de todos os fodidos, interpretando a caricatura do bêbado que dança na sarjeta com um guarda-chuva quebrado...

Foda-se! Foda-se! – rimos, gritamos e nos excitamos com aquilo. O tal do vulto, o trapo velho, ele ainda tem um sanduíche carcomido enfiado debaixo de um braço, a inútil procura por um apoio qualquer no outro...

Vai cair – torcemos. Ele tem o rosto sangrando, já raspado dos dois lados pelas paredes perseguidas como cego, palmo a palmo, entre vômitos e caganeiras mal contidos. Completa a cena a mancha de urina que se alastra pela frente da calça, lhe encharcando os sapatos e se esvaindo no passeio.

Cuidado para não escorregar! – este elemento, esta aparição, ele é um saco pronto para pancada, pensamos nós, a molecada que o vemos. Somos crianças, ou pouco mais do que isso...

Foda-se! – somos crianças, mas estamos excitados para enfiar a mão nele, na cara dele, a bem dizer. E dá vontade de bater, de chutar, de espremer o miserável até acabar com um filho da puta como aquele. Está muito pior do que todos nós, pelo amor de deus, fraco e quase morto, o coitado.

Basta um empurrãozinho para fazer se deitar de vez – alguém grita, provoca, no meio de nós. Os cachorros de estimação também são atiçados e vão lhe mordendo os cadarços e os calcanhares, obrigando aqueles dribles arriscados com ele próprio; a guia da sarjeta, a barreira da calçada se transforma numa subida gigantesca, oscilante sempre, e, quando ele toma um último impulso para saltar, ele não consegue reunir a força necessária... Cai, cai com todos os pertences, e os bolsos e a carteira e a dignidade ficam revirados pelo asfalto, onde finalmente ele também desaba, mais ralado do que nunca, para deleite da criançada reunida, nós, os amigos e amigas da rua, inimigos e inimigas também, todos cansados de apanhar de pais e mães desempregados, subempregados, pobres violentos e alcoólatras como este, cada vez mais ávidos por uma oportunidade como aquela para o exercício dessa vingança, desse revide, dessa crueldade...

Dá licença! Deixa comigo! – eu me aproximo com a minha própria raiva para descontar, para o que der e vier, ali na companhia dos meus amigos e amigas, eu, nós juntamos pedras e nos preparamos para atingir em cheio o tal do vulto condenado, formamos filas e nos empurramos cada vez mais agressivamente, para poder xingar, cuspir, dilapidar pessoalmente, dar um tapa da cara dele, do velho babaca, do fracassado que seja, excitados que estamos todos, com o bagaço de sujeito ali parado à nossa espera. Abro meu caminho a cotoveladas, no meio da molecada excitada, a mala de ferramentas, eu vou... Avanço mais e mais até que chega a minha vez... E eu estou diante do meu avô: *ele mesmo, o seu pai. Lembra?*

39.

Aí é que está: é a tarde de um sábado solar, raios fúlgidos e a despeito disso, deste sábado solar, véspera de eleição democrática, um dia de luz e de uma claridade que inspira as melhores realizações, as mais humanas delas, um sábado em que se fazem as melhores previsões para o futuro, planos de mais longo prazo, projetos otimistas, sábados sagrados em que não pensamos que tudo pode cessar de repente, que tudo pode se perder com um golpe do destino, com a mão escusa da tragédia, um sábado qualquer como este, a bem dizer, esses dias que inspiram atividade, não prostração, que chamam para a união, não para a ruptura, para a abertura, não para o encerramento, para o encontro e não para a lembrança incômoda do fim de todos os encontros; são dias solares feito esses os que convidam a viver e não a se matar uma geração de jovens nas sarjetas, nas esquinas, nos postes, nas portas dos bares e bocas de fumo, mas não adianta, a despeito deste sábado fulgurante, a morte não descansa entre nós, a morte não vai à piscina nesta tarde de sábado, não viaja no próximo feriado prolongado, não tira férias no fim do ano, ao contrário, ela insiste em trabalhar com método, todos os dias sem parar, em particular no nosso velho bairro às sextas e aos sábados feito este, dia de feijoada, de alcoolismo, de espancamento de mulheres por seus maridos e filhos: na agência funerária da prefeitura que funciona ao lado do cemitério, são muitas e de vários tipos as famílias enlutadas que batalham com a resignação possível de sua religião, com a paciência que seja, contra a burocracia e as custas dos processos de liberação de corpos, traslados, velórios, sepultamento, cremação...

Retire sua senha e aguarde a sua vez – aqui eles não têm senhas coloridas. Aqui você não tem preferência alguma, você e a sua turma de linchadores velhos, pelo menos, eles não têm privilégios. Aqui, na fila do inferno, vocês estão todos iguais perante a lei da natureza: mortos e praticamente enterrados todos, a bem dizer, velhos e moços, negros e brancos, ricos e pobres... Vocês não têm como escapar: *o negócio da morte é um monopólio do Estado entre nós...*

Aí é que está: lei número 8.383, de 19 de abril de 1976, está vigorando, somos um povo respeitador das leis, está anotado na placa pendurada na parede – também um lembrete de que a pena de agressão, verbal ou física, se dirigida a funcionário público municipal, é agravada em um terço mais multa, e que o serviço funerário da cidade não pode mais aceitar o cartão de crédito ou débito do cidadão morto para o pagamento dos serviços contratados... Eu e a minha senha nos sentamos para esperar, eu mais animado do que antes, na iminência desse novo passo em direção à sua cremação: *agora sim!*

Quem sabe ainda não é possível sair com a minha própria família no próximo feriado, talvez sozinho, inventar uma desculpa, um trabalho noutro Estado, noutro país, fugir disso, daquilo tudo...

Falta dinheiro, coragem, tempo... – eu penso comigo, e nessa ordem, e em meio a todo movimento daquela repartição pública, mas de morte, nas mesas numeradas, na máquina de senhas, nos guichês, nos caixas eletrônicos, eu noto que você é uma exceção às regras deste dia, meu pai, um estrangeiro aos hábitos e costumes destes tempos e deste lugar: como eu imaginava, mas não gostaria de acreditar na indigência de que somos capazes, aqui não são vocês, os velhos mortos ou quase mortos, os moribundos e os italianos carcamanos imorais do vosso tipo e naquele estado insalubre os que se vão de vez, não; não são eles, vocês, os que morrem, imprevisivelmente; não são os transidos pela velhice e pelo iminente desaparecimento como vocês, os de "pé na cova", a bem dizer, que têm a oportunidade e o dever de partir logo para dar o seu maldito lugar aos jovens, no mercado do trabalho e escravidão que seja, não; não é disso que se trata, aqui não opera esta chamada "ordem natural das coisas". Aqui o que acontece é justamente o contrário, numa total inversão e desordem de valores: entre nós se vê – italianos do nosso tipo, latino-americanos ou nacionais genuínos –, são os mais jovens os que se vão primeiro, são os jovens os que mais perecem na "batalha diária da sobrevivência", como se diz entre nós. Por aqui, são os avós que enterram os pais e os pais que enterram os filhos e os netos, os mais inocentes, os que não chegam a entender; entre nós, morrem os inexperientes, os imaturos, os inconclusos, por assim dizer, também aqueles de quem se diz "representam o que é novo, a mudança, a nova energia", "garantem o futuro", "são o esteio do mundo", morrem "os melhores do país", os mais rebeldes e ousados, e é preciso dizer também: os mais burros dentre eles.

Para cremação, tenha em mãos os documentos do falecido e a declaração de óbito devidamente carimbada e assinada por dois médicos inscritos no conselho regional – os mais sacrificados são os mais necessários, os mais perecíveis, os mais atingidos são eles próprios: os jovens mais ou menos estrangeiros, os pobres, os negros, os burros...

Dois meia cinco, cremação senha 265 – entre eles imperam as perfurações à bala, e na falta disso as facadas e pauladas, se preciso, métodos baratos e simples que não saem de moda entre eles, nós, e nunca foram tão incentivados como agora, nos debates para a eleição do próximo domingo.

Boa tarde, em que posso servi-lo? – além, é claro, eu me lembro, dos desastres automobilísticos, choques frontais, colisões laterais, traseiras, abalroamentos, esmagamentos e atropelamentos de múltiplos, campeões de vítimas fatais, carros envenenados, motoristas bêbados e drogados, com essa mania que temos todos de ocupar o mesmo lugar no asfalto ao mesmo tempo: *o senhor já escolheu a urna de seu interesse?*

Eu bem sei que você preferia ser enterrado.

Urna? – você acha que eu não sei? Eu sei que você queria ficar metido nesta sua terra. Eu sei que esses 1.500, por exemplo... Que você devia estar juntando este dinheiro para a sua própria sepultura.

É o caixão, senhor... – isso é quase certo, que era para as suas "luxuosas exéquias", meu pai, que você vinha, talvez, passando fome, talvez recusando bebida, talvez economizando nos remédios de velhice, fazendo os seus sacrifícios de moribundo, não sei...

Já de onde ele veio, este dinheiro, é um mistério que vai ser cremado consigo, pelo jeito – você juntou o que pôde, e, considerando o velho barato que você tinha se tornado hoje, é bastante dinheiro, até. Você planejou cuidadosamente a sua mortalha, de maneira incomum para sua índole de fanfarrão, lavou, passou, dobrou as cuecas, ou pagou alguém para isso, um vigia de asilo, uma enfermeira de roupa encardida, gente cúpida, corrompida, que abusa da burrice e da velhice dos velhos. Os seus sapatos estavam, estão muito bem engraxados nos seus pés, agora para a sua "vaidade de enterro", o desejo de um "enterro bem bonito", cercado de filhos, de flores, de amigos... Todos os pontos de fuga desta imagem religiosa convergindo para a sua sepultura luxuosa, nababesca, a bem dizer, o trono morto de um faraó ridículo, o tipo de italianos que somos...

Eu sei o porquê de você preferir ser enterrado, ao invés de ser incinerado, como eu pretendo fazer; saiba você que eu lhe conheço a desrazão de preferir ficar por aí, aqui plantado na terra, mesmo que morto, mesmo que sem germinar, sem adubar... O que você pretenderia, digamos, com isso de ficar guardado sob a terra – mal enterrado, bem à superfície, se possível – seria para o caso de qualquer coisa mágica acontecer, não é? Um terremoto qualquer que o fizesse renascer, um apocalipse de padres católicos e pastores pedófilos que os trouxesse todos de volta, você e os seus amigos linchadores mortos redivivos, você, por exemplo, podre aqui e ali, um rombo na carne à direita do ventre, pode ser, como num filme de zumbis, mas outra vez entre os infelizes, teimando em viver na mesquinhez mais uma chance dessa vida desprezível e ignorante que levam, levaram... Você tinha, tem este desejo, esta "fantasia de enterro", mas operou tarde por isso, meu pai.

"*Lamento*", *mas o dinheiro é pouco...* – aquela sua cota de aposentaria era das mais ínfimas, daquele tipo criado por governos socialistas que você sempre execrou, daquelas que dão por caridade aos que nunca pagaram, que nunca prestaram para nada, os que sugaram e viraram as costas à previdência pública, como é, era o seu caso, e agora mendigam por esses benefícios de velhos caquéticos: *são 6 mil reais pelos serviços de cremação, 12 mil para os de sepultamento... aceita?*

Como se vê, tudo o que você tem, tudo o que juntou no fim dos seus últimos dias, isso ainda não é suficiente para lhe comprar este último sonho de madame, meu pai, nem para a sua maldita cremação, que eu vou pagar, inteirar este seu rico dinheirinho, e pronto... Quanto à sua sepultura faraônica, doze, vinte mil... Eu faço questão de não lhe atender nessas "frescuras", a bem dizer: nem vem que não tem para você, velho, tenho o meu próprio par de filhos vivos para criar, mimar, não sei...

Certidão de nascimento ou de casamento, RG, CPF, carteira de trabalho, título de eleitor, carteira de reservista do exército nacional – entrego os documentos.

A cremação obedece à lei municipal 7.017, de 1967, e é o processo que incinera, de forma rápida e higiênica, o corpo do falecido, juntamente com a urna...

Ouço e penso e entendo que era, é exatamente isso o que eu queria para você. E que em cinco ou seis dias úteis eu buscaria num cartório a ser indicado a sua certidão definitiva, sua fatídica retirada deste mundo, a papelada do seu fim.

O senhor me acompanha ao show room? – a funcionária não tem uniforme, apenas crachá, ela se ergue e me guia para os fundos da agência. Depois de um corredor estreito, existe uma sala pequena, atulhada de caixões, dois deles deitados no chão, em cima de bases de metal, o resto em pé, apoiados nas paredes. Cada caixão tem colado nele uma folha de papel, com o nome dele, um nome de flor: Orquídea, Begônia, Acácia, Bromélia, com preços que vão de 1.250, para o Gardênia, até 8.400 para o Orquídea Negro.

Você gostaria desse, não é? – há ainda, verdade seja dita, a gratuidade dos enterros e cremações sociais, para aqueles que não têm como nem onde cair mortos, mas são os caixões mais refinados os que ficam solenemente deitados, exibidos, no centro desta sala. Os designs são horríveis, e, quanto mais luxuosos, mais entojados e repugnantes, de laca chinesa, entalhados em rococós sucessivos, pesados, ostensivos. Vê-se logo que é desses, os mais caros, os mais bem expostos no "show room", os que eles, ela, a funcionária, mais querem vender. Vê-se logo: os caixões mais baratos, os que rendem pouca comissão ao vendedor, estragados por desenhos horríveis na tampa, eles estão praticamente escondidos atrás das cortinas e pilhas de produtos de limpeza!

São 1.800 graus centígrados por até cinco horas de forno alto! A madeira da urna, o revestimento, roupas, ossos, pele, tudo é vaporizado nessa temperatura. Não sobra nada além das cinzas. Para alguém que pesava setenta quilos, resta um quilo de pó, é tudo ao que voltamos.

É em torno das urnas, dos caixões mais caros, não dos mais baratos, que eles estruturam sua estratégia de vendas; em torno dos caixões de mais de 5 mil, 7 mil, ao lado desses caixões quase que impagáveis para a maioria da população, caixões de sonhos de morte faraônicos como o seu, é ao lado desses tipos de "urnas" que eles exibem os demais utensílios mórbidos: porta-velas de prata, fitas douradas com dizeres bíblicos ou mensagens de família, arranjos e coroas de flores – sempre com as "duas flores do dia", fornecidas pelo Mercado Municipal: hoje, por exemplo, temos cravos vermelhos e gerânios, fresquíssimos...

Farão uma bela composição com o revestimento impermeável em padrão de seda chinesa, que eu sugiro...

Revestimentos caros, de seda plástica chinesa, de tule nacional ou indiano estão disponíveis em três cores. A remoção e demais assessórios seguem o padrão de cada "urna"... e, dependendo da localização do corpo a ser retirado pelo transporte funerário, pode chegar a 2.300 o carreto. Uma simples mesa de condolências não sai por menos de 120, um mero conjunto de velas, com três refis sobressalentes, fica em 45, pelo menos: *paramentos? Conforme a religião, e podem chegar a 800 para cultos afros e judaicos... Mais a sala do velório...*

Digo que não. Digo: *não quero nenhum maldito velório, merda, nem paramentos, caralho, queria algumas flores, quaisquer flores, porra, uma coroa delas, talvez, mas...*

Digo isso, mas não nesses termos, claro. Digo que não, que não queria nenhum velório, "apenas flores", "uma coroa, sem luxos", educadamente...

Alguns itens a menos, então – sorri triste, é visível, a funcionária; uma funcionária da morte que vive entre nós, a bem dizer, querendo nos arrancar o couro, o cartão de débito, apenas de crachá no peito, à paisana, sem nenhum uniforme...

Ótimo – digo, mas nem assim vou conseguir escapar de suas condolências, meu pai...

Não – eu não vou escapar de "me despedir" de você mais uma vez, de acordo com a funcionária do crachá: pelos preços contratados, ela explica, mesmo os preços módicos do combo do caixão Bromélia (sem paramentos / sem velório / duas coroas – *mínimo*), o modelo mais barato antes da gratuidade das cremações e enterros sociais (a que ainda não tens direito, apesar da sua miséria pessoal), o caixão Bromélia Standard que eu estou escolhendo para ser cremado, mesmo para esses casos de gente que não quer nem velório, paramentos, frescuras faraônicas de qualquer espécie, mesmo assim o preço inclui, a despeito dos meus quereres, um tempo "de pranto", de "confraternização familiar", como diz a funcionária (ignorante quanto às suas, nossas catastróficas relações), um momento para uma prece final no salão ecumênico do crematório da cidade.

O senhor e sua família têm direito! É a última homenagem ao falecido – ela insiste comigo com este ar de vendedora que me dá um brinde especialíssimo...

Fazer o quê? – aceito o que me cabe para queimar você da face da Terra, aceito aquilo tudo, resignado mais uma vez, e mais uma vez crente de que a sua "solução final" está próxima, que em breve eu vou me separar de você de vez, que você vai virar memória e eu vou me juntar aos meus, aos que eu supostamente escolhi...

Ainda tem o feriado prolongado – quem sabe?

A cremação é uma boa escolha. Eu, por exemplo, entendo que o fogo purifica a alma, liberta – diz ela, a funcionária da morte cuja opinião mística não me interessa. Ela também me informa que, do seu endereço atual no hospital dos italianos e depois da "cerimônia ecumênica" em sua homenagem, você ainda segue para uma câmara fria...

São os protocolos oficiais – ela me diz, e que você permanecerá por lá por mais 24 horas, na esperança de que possa... De que você não esteja morto, que possa levantar, talvez...

Deus nos livre! – digo, penso, não sei... Confiro o endereço do hospital dos italianos no seu prontuário de morto, os documentos para o cartório, os valores na nota do serviço funerário e pago com cartão de débito, saldo a dívida no ato para demonstrar boa-fé, saldo positivo na conta corrente e também a minha pressa em me livrar disso tudo... você.

As cinzas ficam disponíveis em seguida. Sem dúvida. Amém.

40.

Para responder à pergunta se é possível um cérebro de porco voltar à vida depois de morto, uma equipe de neurocientistas da Universidade de Yale, em Connecticut, nos Estados Unidos, retirou o cérebro do crânio de 32 porcos mortos da raça Berkshire (uma das mais populares para a produção de bacon e de fisiologia interna muito assemelhada à humana), num matadouro nas proximidades do *campus*, transportou-os em câmaras especiais até o laboratório e, quatro horas após esses porcos terem sido decapitados e esquartejados, porcos cujas carnes e demais despojos já haviam seguido para os seus processamentos específicos na indústria local (bacon, embutidos, couro, ração de ossos) – depois de tudo isso, a equipe ligou os referidos órgãos a cateteres especialmente posicionados nas devidas conexões cerebrais, que, com o auxílio de um sofisticado sistema de bombeamento denominado BrainEx (marca registrada), enviavam um coquetel de nutrientes e oxigênio em circulação pulsátil a uma temperatura média de 37 graus, cuja dupla função era preservar os tecidos dos cérebros paralisados, evitar que os neurônios "morressem de vez" e ao mesmo tempo prepará-los para o choque de serem "religados". Verificou-se espanto entre alguns dos pesquisadores, neurocientistas todos eles da Universidade de Yale, em Connecticut, que os cérebros dos porcos decapitados e esquartejados, cérebros cujos corpos não mais existiam, que haviam sido consumidos pela indústria local, processados como embutidos, a bem dizer, esses cérebros isolados e nutridos devidamente recomeçaram todos, sem exceção e ao mesmo tempo, as suas funções metabólicas primitivas, consumindo açúcar e produzindo dióxido de carbono, indicando que o órgão era não apenas capaz de retomar uma série de suas funções básicas, mas tinha potencialmente aptidões para as mais sofisticadas... Sabe-se que durante seis horas a equipe de neurocientistas da Universidade de Yale realizou uma série de experiências de caráter fisiológico, motor e psíquico com os cérebros dos porcos mortos, mas, no fim, sobravam dúvidas: *que espécie de manifestação a falta de um corpo provocará na mente? A que memórias ela irá recorrer? Como este cérebro "se verá", enfim? Que imagem terá de si, de nós, daqueles que conduziram tal experimento com cérebros cujos corpos se transformaram em bacon, em Connecticut, Estados Unidos? E o pior de pensar: e se, ao ser religado, ressuscitado, a bem dizer, o cérebro sentir apenas angústia, vazio, desespero... a dor mais pura?*

41.

O dia se amarela todo, vai borrando, ficando vermelho supurado, mas baço, e desse tom mortiço, inenarrável, ao cinza prateado, metálico, encardido, e desse cinza sujo em pouco ao preto-claro, nas rugas do horizonte. É um horizonte curto, desarticulado, de silhuetas irregulares e cariado de vazios e de prédios cuja construção parou no meio de sonhos de casa própria, no esgotamento dos financiamentos do último ciclo econômico, ou foi no anterior, não lembro.

Melhor ligar o GPS...

A réstia deste dia perdido luta para ficar no entardecer, uma luz de entardecer embaçado como se fosse folclore pintado em palha, e, quando eu passo de carro, ela atravessa e depois para, atravessa e para, atravessa e para através dessas janelas e varandas esburacadas, abandonadas abertas, paredes peladas ao relento: *parece que piscam para mim! E de súbito desfalecem...*

A noite cai daquele jeito, de novo quase que se pode ouvir o barulho da labuta diária que morre, como uma porta que range e bate, sem óleo, sem função: *deus do céu!*

Estes olhos injetados que eu vejo no espelho do meu carro já nem se parecem com os meus. Estão ardendo com uma areia invisível e dolorida que eu esfrego com a flanela do para-brisa, esfrego com a flanela do para-brisa, mas não me sai. O meu rosto refletido também é bem estranho, desagradável de se ver, neste momento, a bem dizer...

Atenção, radar reportado à frente – avisa a voz de mulher do aparelho. Eu me aproveito disso para revisar a minha pose de cidadão respeitável, homem heterossexual casado, pai eu também: me estico e me espreguiço no banco do motorista, faço de conta que sou o que pareço de longe, e num esforço de memória gigantesco para me lembrar de como eu dirigi até aqui, até este mesmo ponto em que nos encontramos neste momento...

É... É...

Quanto mais eu tento me lembrar para descrever o que eu tenha visto, vejo, quanto mais eu repuxo pela memória, mais eu me esqueço, quanto mais eu tento lembrar, para pensar melhor a respeito de minhas distrações, dos seus riscos, quanto mais eu tento recuperar o que tem me acontecido, mais a coisa se afasta de mim, mais a ordem das coisas me escapa, como uma boia engordurada que me tivessem jogado na água – não para agarrar e me salvar, só para iludir, me irritar... Eu tento, tento me lembrar da última vez que dormi, por exemplo, que comi uma refeição quente, que beijei meus próprios familiares, meti na minha esposa... E parece que faz tempo, faz muito tempo e logo embaralho as coisas no estômago, no pensamento, parece que eu me esqueço, já esqueci.

É.

É noite de sábado, sim, mas veja esta auréola de poluentes da semana que permanece abafando a minha, a nossa cidade sul-americana, uma crosta de fumaça pronta para cair nos pulmões de quem estiver empregado na segunda-feira, isso sim, e nós sabemos como é difícil simplesmente trabalhar e respirar ao mesmo tempo: *em trezentos metros, permaneça à esquerda para entrar na rotatória e depois permaneça à direita para acessar o crematório municipal...*

O crematório municipal foi instalado num desses bairros planejados por cartunistas, engenheiros e arquitetos comunistas que ficaram a serviço dessa ditadura mais recente, ou foi a penúltima, não lembro – e nem se sabe com que lúgubre propósito isso fora feito, com que macabra inspiração do "momento histórico" a ideia de um crematório fora imaginada por esses esquerdistas radicais radicados no governo militar, ideia planejada racionalmente e tornada realidade no "espírito daquela época". O resultado desse desregramento autoritário e urbanístico é ainda hoje um chumaço mal amarrado de avenidas radiais que vieram cortando mata e gente desde várias partes do nosso fim do mundo, todas envarizando um mesmo centro, este, por exemplo, uma praça de aspecto desolador, uma conformação medíocre, uma placa sextavada que abriga arbustos secos e forrada de grama morta na raiz, onde a terra vermelha faz redemoinhos violentos, agressivos, onde uma estrela do Rotary está cravada com uma estaca/parafuso num totem de cimento, lixo acumulado, uma craca cercada de asfalto e de poeira por todos os lados, inatingível para os pedestres que fogem dos carros, enquanto se lançam entre eles, no meio das ruas, para sobreviver, burros e coitados.

Porque hoje é sábado, dia 27 de out... – insiste o rádio... Há um ponto de ônibus sem proteção contra o sol cancerígeno na ponta mais feia e desconfortável de ficar esperando; uma oficina mecânica fechada e dois postos de gasolina também se juntam nesse ponto. Do outro lado, é uma lanchonete em que se compra e vende um repertório restrito, isso através de grades de ferro bem cerradas, mas com duas pequenas aberturas para entregar o dinheiro e apanhar o troco e o prato do dia, os salgadinhos, a cachaça, cerveja, pilhas, refrigerantes, café expresso em copos de viagem... No mais só se vê as paredes de fundos dos prédios falsamente luxuosos, as varandas gourmet queimadas de churrascos antigos, alvenaria úmida, deteriorada, muros mofados em que se percebe a estrutura de aço, sobras de ferro no concreto deixados para sempre por serrar, para cortar, estripar quem tenta subir, rendas de cacos de vidro para espantar, roupas esgarçadas penduradas em varais de cobre, e por cima desse... "complexo", mais fios, para o espanto e o choque elétrico dos eventuais invasores, e por fim rolos de arame farpado muito bem afiados: *a indústria nacional de proteção patrimonial, de vigilância em particular e de segurança privada em geral também está otimista com as eleições deste domingo!*

Deligo o rádio. Há um heliponto no centro disso tudo, bem em frente à entrada do tal crematório, para que os cadáveres ilustres e apressados cheguem ao inferno mais rápido, pelos ares, por cima dos cidadãos comuns. As casas e apartamentos dos arredores só se abordam por veículos motorizados, em garagens e estacionamentos, eu observo, penso, e não vejo outro modo: *você chegou ao seu destino...*

O estacionamento, pelo menos, é gratuito. E vasto. E sem a menor segurança, também. Tenho medo de gente. Todos temos razões para isso. Fico consternado, deprimido e de pelos em pé, a bem dizer, arrepiado mesmo, como um animal acuado por esse meio ambiente hostil de um bairro desconhecido. Aqui e ali grupos suspeitos de amigos e familiares de mortos fazem piadas, riem do que passam, lancham ou descansam de velar seus mortos mais ou menos queridos. Gente como eu, por certo, com um corpo do qual se livrar. Só isso, mas...

Não há mesmo mais nada a fazer – eu penso e rio, entre preocupado e satisfeito, procurando uma vaga no estacionamento do crematório municipal, mas ainda hesito com receio daqueles outros; pensando, ou tentando pensar, calculando, mas ainda sem saber a respostas, se é melhor estar por perto deles, desses outros suspeitos, estrangeiros como eu que ali estão, me aproximar deles e me apresentar, a bem dizer, me fazer "de amigo" para desencorajá-los das eventuais más intenções, ou se o melhor a fazer em circunstâncias como esta é justamente o contrário, se eu me afasto, se eu estaciono o mais afastado possível de todos eles, se levo a mim e ao meu carro para o extremo oposto de onde estão, no estacionamento, para deixar claro que não quero nada com eles, nem ter a menor relação, que eu já tenho os meus próprios problemas, a minha própria, a sua morte, a bem dizer, já, para lidar...

Dá licença – como é de sua, de nossa índole covarde de família, eu escolho uma solução mais ou menos, uma solução intermediária, neste momento: estaciono meu carro numa vaga que nem é tão próxima deles que eu deva conversar com os estranhos, nem tão distante que não possa cumprimentá-los, se eu quiser, com um aceno de mão, de cabeça, por exemplo, balbuciando qualquer coisa para simular uma tranquilidade que eu não tenho, inspirar algum respeito que eu não inspiro, receio que seja, por via das dúvidas...

Boa noite – eu digo e saio andando rápido, fugindo do que eu sinto serem olhares e comentários desabonadores. Eu digo este "boa-noite" meio que de soslaio e saio correndo do meu carro, desço do carro e corro, a bem dizer covardemente, eu corro para o outro lado, na direção da entrada do edifício do crematório, fugindo desses olhares e comentários que eu suponho contrários a mim, temendo o que eles, os que confabulam, possam confabular às minhas costas, que possam transformar estes seus comentários, estas suas confabulações em atos, num ataque coletivo!

Deus me livre de vocês, caralho! – eu digo, penso, rezo, não sei, ao entrar na aparente segurança do prédio horroroso à minha frente. Ali, de imediato, eu sinto que tudo é frio, é sombra, em aparente proteção, mas o cheiro de velas e detergente, o chiado da música coral de fita não deixa dúvidas de que seja a casa da morte mais vulgar. O edifício mesmo não passa dessa ideia barata, de uma chapa de concreto rústico que se apoia, ou foi jogada, sobre dois salões de formato diferente: num deles, oval, fica o "espaço ecumênico", um semicírculo inclinado de cadeiras desventradas, cuja estopa escapa em tufos dos assentos, os assentos são duros como rochas, um auditório de mesuras de treinamento e de protocolos acadêmicos que se debruça, se joga para baixo em direção ao centro, onde repousa uma bandeja de aço – a plataforma prateada do elevador que faz subir do subsolo o caixão de cada morto para a última prece, antes do período de geladeira e da cremação propriamente dita. Nas paredes nuas, são as marcas da umidade da infiltração persistente que fazem desenhos, são mapas antigos, gravuras para contemplar e adivinhar o que sejam...

No segundo salão sob a horrenda marquise de concreto, este quadrado, ficam os sanitários de ambos os sexos e os assim chamados "escritórios administrativos", lado a lado – um ajuntamento de caixotes de cimento sem teto, com portas de vidro, onde o ar insalubre que exalam os mortos do subsolo se instaura sem qualquer impedimento. Começo a ouvir uns choros ranhetas, uns muxoxos e reclamos abafados, mas persistentes, e isso tudo me tranquiliza.

Atenção: colaborem com o silêncio, respeitem as cerimônias – não escapo dos avisos, das senhas, dos números e das letras, da longa espera democrática pelo atendimento dos funcionários públicos, visivelmente escassos, incompreensivelmente lentos... Mas estamos muito bem resignados com os nossos compromissos mórbido-burocráticos, sentados na dureza e frieza dos bancos de cimento, bem-comportados, os vivos.

Bom dia/bom dia – entrego a sua bendita papelada ao primeiro cidadão de crachá (sem uniforme) que me chama o número: consiste na certidão assinada pelo seu amigo Mengele de periferia e pelo médico cagão do pronto-socorro do hospital dos italianos, na sua certidão de casamento com a minha mãe, que eu retirei lá do seu "pacotinho de morte", da sua mortalha, e finalmente na autorização assinada por um parente direto, consanguíneo, do mesmo sangue italiano do seu, nosso tipo: *sou eu que assino*.

É o que eu afirmo ali, naquele documento. O próprio funcionário reclama da sua demora no atendimento, mas que era, é, segundo ele, excepcional: *tivemos um problema com o elevador do salão ecumênico, e agora há um enorme acúmulo de cerimônias, um verdadeiro congestionamento de féretros no subsolo do nosso crematório...*

Lembro ao funcionário sem uniforme que já não temos pressa. Você. Brinco e rio. Rio eu, mas o funcionário, provavelmente treinado sobre os riscos de mal-entendidos provocados pelo senso de humor em momentos como esse, ou sobrecarregado pelo defeito do elevador de mortos do salão ecumênico, pelos acúmulos no subsolo, não sei, ele não ri. Eu, por mim, torno a ficar incomodado com esses meus rompantes satíricos diante de estranhos e o que esses outros estranhos, que não me conhecem, não o conhecem, não conhecem nosso humor, o que eles vão pensar de mim depois de tudo isso... De todo modo, o funcionário apenas de crachá, de cabeça baixa, conferindo a sua, nossa papelada, ele não dá mostras de estar pensando o que quer que seja a meu respeito... Então: *o senhor não contratou a urna das cinzas...*

É por certo uma constatação óbvia para ele, acostumado aos trâmites, mas surpreendente para mim, um neófito no que diz respeito às cerimônias de cremação. Claro que eu sei da existência dessas pessoas que levam as cinzas dos seus falecidos num pote para casa, que assistem à televisão com esses potes, que tomam banho com esses potes, que deixam seus animais domésticos cheirarem esses potes, reconhecê-los, que falam com esses potes de cinzas como se os seus entes queridos estivessem ali presentes, ao seu lado, em versão reduzida. Muitos, ouvi dizer, são os que levam essas cinzas a passear, viajam de avião com o seu pote de cinzas como se fossem companheiros de assento. Eu apenas não tinha me preocupado com o que fazer com o que sobrasse de você meu pai; minha esperança, a bem dizer, é que não sobrasse rigorosamente nada de si, nem memória, a bem dizer...

Desculpe, senhor, não sabia que era preciso – menti, educado e reverente. O funcionário me informa que as cinzas não podem ser retiradas sem uma urna e que tínhamos ali um impasse... Exceto se...

O senhor pode comprar a sua urna, isto é, a urna para as cinzas do seu falecido aqui mesmo! Sim! Nós dispomos de vários modelos de urnas para cinzas, desde os mais simples, até os mais luxuosos, com motivos religiosos (judaico-cristãos), paisagísticos, florais – e já dispomos das conhecidas "urnas ecológicas", de material biodegradável, que o senhor poderá levar para sua casa, apartamento, plantar em vasos, floreiras e jardins!

"Ele ia adorar isso", pensei, mas posso ter dito, contratado, não sei, pois o funcionário me tomou o cartão de débitos da mão, passou na sua máquina de comer dinheiro como se fosse uma lâmina de sangrar e depois me deu o que parecia ser um recibo, dizendo que eu tinha feito uma ótima compra, uma aquisição moderna, cidadã e que em três dias corridos, se tanto, eu poderia vir buscar a minha urna, o meu próprio pote de cinzas, ter uma lembrança boa, o meu "ente querido" de volta por perto, a bem dizer, quem sabe plantá-lo em qualquer sítio, velá-lo como "coisa viva"...

Também temos coroas de flores em arranjos artísticos originais! Não quer ver?

Digo que já tenho disso, que fazia parte do combo do caixão Bromélia Standard que eu comprei para você na agência funerária municipal. O funcionário contrariado mexeu no crachá. Engoliu em seco, incomodado com o prejuízo de sua repartição.

E o que acontece se ninguém vem buscar as urnas de cinzas do seu ente querido? – eu pergunto para ver o que pode lhe acontecer, meu pai, enquanto recolho o meu cartão de débito da máquina de comer dinheiro.

De seis em seis meses, elas são plantadas aqui ao lado, nos bosques da prefeitura...

"Bosques da prefeitura!" – eu exclamo por dentro, exclamo quase que rindo abertamente daquilo, disso, enquanto recordo os descampados desoladores que existem ao nosso redor, aquilo que o funcionário do crematório chama de "bosques", mas que não passam de um terreno baldio que já serviu de garagens a ônibus e caminhões, é local contaminado por óleo diesel e usado para desova de lixo e animais sacrificados, se veem os vestígios, mas...

Quem sabe? – pensando nisso e naquilo, não é um bom lugar para deixá-lo? Pensando bem, este "campinho de morte" na Zona Leste, meu pai, ele lhe convém, a companhia desse Auschwitz de subúrbio...

A eleição de amanhã tornará próspero o negócio de caixões, de cremações e de cemitérios – é o que prevê o funcionário do crematório. Está otimista, eu sinto, eu sei. Eu concordo com ele, e me levanto com as minhas senhas, para esperar a minha, a sua vez de ir de vez para o inferno.

É agora o fim do seu caminho... – eu penso, sonho, "tudo passa". O sábado está se transformando no domingo, amanhã será confirmado no cargo de presidente da República um capitão reformado do exército que sente saudade da ditadura e não gosta de mulher, nem de veados, nem de negros, num governo de milicianos avalizado pelo exército nacional – mas isso ainda não está, ou parece plenamente claro para quem não quiser ver. Vamos ter que viver o que nos cabe para aprender, se ainda for possível aprender o que quer que seja, eu penso, duvido, mas...: *para você, acabou.*

E é bem nesse instante, no momento mesmo em que penso nisso, quando penso que de certa forma este sábado e domingo são um ciclo que se fecha, que um capítulo mal escrito da nossa, da minha história, ele também se encerra hoje, que você não estará mais na face da Terra amanhã, depois de amanhã, e amanhã mesmo, apesar da eleição do seu malfadado candidato, você estará guardado dentro de uma geladeira, depois será vaporizado no forno, e eu estou rindo de novo, estou rindo de novo e é justamente neste instante que eu vejo parar lá fora do prédio horroroso (ao qual por certo faltam paredes para proteger-nos e a quem chega de sua visão pavorosa) um comboio de carros suspeitos. Uma, duas, três viaturas de polícia militar, mais uns e outros carros semioficiais, sem placas de identificação, típicos daquela sua e dessa época, agora, de novo.

Não é um túnel do tempo, é a mais pura repetição – desconfio, penso e vejo que deles, dos carros frios e das viaturas em horário de serviço, descem vários homens armados, suspeitos todos, é claro, mas todos de um só e único tipo: *este nosso, isto (sic)...*

São velhos, acabados todos, com barrigas que lhes escondem os sapatos, as cabeleiras que lhes restam encanecidas, ressecadas. São por certo os mesmos tipos de italianos ladinos e de mau-caráter de que somos feitos, eu vejo, gente com o pé na cova, seus amigos, dentre os quais se destaca o PM negro, velho e gordo e parado na carreira militar e o seu Mengele de periferia, surgido no necrotério. Eles que se destacam por sua aparência típica neste momento desagradável, agradável, não sei...

Boa noite meus pêsames boa noite meus pêsames boa noite...

O seu grupo de amigos, o grupo dos fardados adentra a administração do crematório, eles lotam e tomam o lugar como se realizassem uma operação policial, como se fossem prender todos os cadáveres e seres vivos que ali houvesse. Não que não merecessem, todos merecemos algo ruim que vai nos acontecer, parece...

Será em pouco tempo – eu penso, ou eles me dizem, não sei. O que eu sei é que, por ação de seus amigos, você foi passado na frente dos outros mortos. Sou chamado ao salão ecumênico logo em seguida, apesar de ser o décimo dessa fila de infelizes.

Mas como é isso? – eu pergunto, ingenuamente, e logo vejo: um deles, bem o tal do PM velho, estacionado na carreira, ele apenas indica a arma enfiada no coldre.

Serve para apressar as coisas – ele diz, e eu sou obrigado a concordar que entre nós, ali, é assim que funciona. A partir de amanhã, o exercício da pressão por arma de fogo será livre. Em seguida, o funcionário da administração, atemorizado, eu noto, ele afirma que o "salão ecumênico" está "à nossa disposição".

Vamos – eles me dizem. E assim eu "sou levado", praticamente, por eles crematório adentro. Os seus amigos, eles me cercam, batem nas minhas costas, eles me abraçam, me beijam como italianos do nosso tipo, *mafiosi* com as bocas meladas de saliva... O seu bando de gângsteres da terceira idade me empurra salão adentro. O salão cheira a velas e envelhecimento. É um ar saturado, gorduroso, cheiro frio de creolina, de mau hálito, de suor. As paredes estão manchadas, as manchas parece que se alastraram desde a última vez que eu as vi, logo que eu cheguei, acho, não sei. Há uma bandeira do nosso país espetada num mastro, vejo agora; estava encostado, mas o PM velho, ele o posiciona perto do elevador central. Ali é como se tomassem o poder e a cerimônia para eles, os seus amigos! Fazem um círculo ao redor da saída do elevador. E quando, em poucos minutos, o seu caixão sobe, quando o seu Bromélia Standard lacrado aparece na bandeja metálica do elevador, ali no salão ecumênico, eles pegam minha mão, de um lado o Mengele de periferia, de outro um policial fardado, não o velho, o negro, mas um outro acabado também, com a pele do rosto toda estragada, branquelo, as suas mãos estão suadas, sinto o contágio se disseminando entre mim e eles, todos nós.

Sequestraram o seu féretro, a bem dizer! – eu vejo, penso. Debruçam-se sobre ele, o seu caixão de defunto. Passam a mão pela madeira de lascas compensadas como se fosse a sua pele. O sangue do sangue deles, também. Aí eles rezam para os seus deuses, rezam baixinho, como se fosse pecado em suas bocas. Então toca Roberto Carlos.

Esse cara sou eu! Esse cara sou eu! – toca, fica repetindo, reclamo. Não pedi música, não quero pagar os direitos disso, peço para tirar, para arrancar dos nossos ouvidos, mas os seus amigos, eles me demovem, insistem que você amava o cantor e que sempre ouvia esta música – *Esse cara sou eu!* – toca, fica repetindo.

É uma homenagem – dizem. E, quando a música acaba, me fazem mais uma oferta: se eu quero abrir o caixão.

Eu não! – eu grito, exclamo de imediato, histericamente, bem alto para me fazer entender, pensando ao mesmo tempo que não quero mais ver a sua barriga perfurada, verde, os vermes que em breve sairão de dentro de você, já estão saindo, a bem dizer, contaminando, e por isso é preciso cremá-lo o quanto antes.

Vamos acabar logo com isso – eu peço, imploro, finjo que estou sofrendo, e de certa forma eu estou mesmo, quero ir embora, tenho sono, preciso aproveitar meu feriado, meter na minha esposa, bater nos meus filhos, viajar de carro, gastar dinheiro, viver a vida que me resta!

Sou, a bem dizer, "acordado" dos meus pensamentos por uma salva de palmas. Seus amigos batem palmas para o caixão que desce. Toca Milton Nascimento: *"qualquer dia, amigo, a gente vai se encontrar..."*

Deste você não gosta. Este você chamava de: *preto-bicha--mineiro-filho- da-puta, lembra-se?*

Mas seus amigos não sabem disso, e continuam batendo palmas e a música daquele, deste preto mineiro filho de uma puta (*como você também dizia do outro, "o tal do baiano", o Marighella, o preto, que aliás também tinha sangue italiano, talvez do seu, do nosso tipo!*), ela, a música de Milton Nascimento prossegue enquanto seu caixão baixa, desce de novo, solenemente, agora para as geladeiras do subsolo, para a espera protocolar de 24 horas, quando você então, finalmente – e eu sinto um alívio no coração, no estômago, na cabeça: *será todo cremado, meu pai.*

As palmas que não param. Alguém grita: *vai com deus!*

Também gritam o seu nome.

Vai com deus – eles insistem que deus o leve.

Vai logo – digo eu.

Já vai tarde.

Cai o pano.

42.

Depois é essa gente fardada e à paisana ao meu redor, misturada comigo, identificada consigo, falando alto, pisando duro com os coturnos muito bem engraxados, distintivos e armas e coldres à mostra, seus velhos amigos de décima oitava metendo esse medo desnecessário que sempre nos meteram e metem agora nos cidadãos consternados que estão por perto. Mensagens coladas por todos os lados, ilustrações e fotografias de dedos diante de lábios pedem silêncio. Silêncio é obrigatório por lei, está bem claro, e por consideração de quem ali esteja, adentrando o mundo dos mortos, a bem dizer, mas...

Nada disso – gritam esses gângsteres caquéticos, seus amigos, e batem no peito de medalhas compradas nas lojas de policiais da Vila Mariana, no Bom Retiro, Moema, todos ali se enaltecendo dentro das fardas, dos dísticos, com mímicas, gestos e agressões mútuas, de machos quase selvagens, feito italianos do seu, do nosso tipo e como se fossem eles os únicos donos daquele domínio, um domínio de morte, um assunto que lhes interessa, um assunto que conhecem de perto, de todo modo...

Salve o italiano desgraçado! – exclamam animados, a bem dizer, gritam seu nome e este país amaldiçoado, atiram para o alto com ruídos de pipoca dos seus velhos .38, numa salva de revólveres enferrujados, mas experientes, testados em grupos de extermínio e de WhatsApp. Sim: terminada a cerimônia no salão ecumênico, cerimônia mais funesta do que fúnebre, a bem dizer, prossegue essa "homenagem", ou bagunça autoritária: o sequestro do seu, meu, nosso drama. Tomam conta da sua morte como se fossem as mortes deles, morte desventurosa, do que estão perto – por tempo de serviço, pelo tipo de serviços prestados ao Estado. Asmáticos, artríticos. Mais tiros são disparados para o alto. Nos prédios em torno, alguns proprietários saem às janelas. Estão fazendo pizzas e churrascos nas varandas gourmet e este barulho de tiros já lhes é bem conhecido. Estão em suas defesas fortificadas, nem se assustam com as rajadas e explosões de todos os tipos, e com isso fecham as janelas blindadas, as cortinas de Kevlar (marca registrada da DuPont) e dão as costas ao que se passa ali, aqui embaixo – principalmente porque não há o que fazer, já que afinal não há a quem reclamar, já que a quem reclamar seriam eles próprios, os seus amigos do distrito mais próximo, a autoridade mais baixa e disponível no momento...

Já é domingo, dia de eleição! – alguém lembra, exclama feliz da vida que se esgota diante dos seus, dos nossos olhos, observamos as suas tremedeiras e para disfarçar desse incômodo eles disparam mais tiros contra a lua, entre vivas e urras!, excitados com as perspectivas tenebrosas que sairão das urnas, em poucas horas.

Haveremos de voltar para trás, cinquenta anos a cada cinco, aos piores dias do nosso glorioso passado! – mais tiros. Seu nome, meu pai, é mais uma vez invocado: *italiano disgraziato!*

O sequestro da sua memória é o compartilhamento da memória deles também, se vê, eu vejo: eles, vocês que escorcharam os mesmos miseráveis, juntos feito amigos, que reprostituíram prostitutas nordestinas e cidadãos latino-americanos sem documentos, acusando-os de guerrilheiros, de ateus vermelhos, de competirem por seus empregos, de bandidos veados, de negros, de sapatonas, diabos medonhos, de serem diferentes desses filhos da puta que todos vocês eram, somos, eu já nem sei... Estou confuso, sim, tenho sono: *não sei se eu estou desperto, a bem dizer...*

Então eu grito: *chega! Quero ir para a minha casa!*

Eu peço, imploro, não sei, sem saber se vou saber, poder dirigir – e para onde –, afinal, ao sair dali...

Nem pensar! – eles dizem. "Nem pensar", sem contestação. Eu bem que tento fugir desse calor humano, desse assédio dos seus velhíssimos amigos, desse constrangimento barulhento e desagradável desses seus amigos prevaricadores, mas você sabe, meu pai, que eles não são gente de se contentar com a contrariedade de um não.

Não sem levar as mãos às armas, pelo menos – penso, digo, não sei. Em pouco tempo, os seus amigos me arrastam para aquele estabelecimento pavoroso que existe diante do crematório, nas margens da praça abandonada à poeira e ao asfalto esfarelado, onde uma placa do Rotary foi espetada, crucificada num "pé de cimento".

Tenho pressa – eu aviso, enquanto vencemos os poucos carros que insistem nesta hora. Seguram as armas nos coldres e cintos os que estão armados e atravessamos todos num só grupo. É madrugada de domingo, agora, e nada mais pode ser feito contra a eleição democrática que se aproxima. A má sorte está lançada para todos, escolhida por todos nós.

Cachaça da casa, cachaça selecionada, cachaça mocinha, cachaça solitude, cachaça pé no peito, com espinho de cristo, com cobra, com lesma, com casco de tatu, branquinha, amarela, sanguinolenta, perfumada ou fedida... Maish uma faisch favoor...

Bebiam, bebemos. Sem se importar com a lei seca, entrada em vigor à meia-noite, desrespeitando-a acintosamente, a bem dizer, e justo aqueles que deviam, por dever de ofício, fazer respeitá-la... Bebiam, bebemos, achavam que para considerar você devidamente morto e encerrado, eles, nós precisávamos brindar, beber em seu nome como vinham fazendo em nome de tantos outros que já tinham ido, estavam indo, mas prometiam voltar a qualquer momento...

Vivam os mortos por renascer neste domingo! – bebemos e brindamos. Doses, garrafas de cachaça e dinheiro são trocados através das aberturas nas grades do estabelecimento pavoroso. Um comerciante de quem não vemos o rosto, mas apenas as mãos calejadas de moedas e de copos, está preso ali dentro. As grades que se juntam a outras grades, numa grande gaiola de gente. A venda pavorosa encerrada em grades e todos nós reunidos num enxame à sua porta, violando a lei, bebendo cachaça gelada na poeira das estrelas, as nuvens de cimento que vão subindo e descendo sobre a minha cabeça... Eu sinto por um instante, vejo por um momento que somos nós – os órfãos do meu tipo e os homens armados, seus amigos, esses que estamos bebendo cachaça ao relento, nós – os do lado de cá das grades – somos os verdadeiros detentos, nós é que estamos presos!

Socorro! – eu grito, exclamo aflito, mas não me ouvem. É por você que eles riem mais alto do que nunca, e não choram, se entretêm com as próprias desventuras, mais do que as lamentam...

Aos bons tempos da nossa delegacia!

Bebemos. Você é o assunto deste dia, meu pai, e todos bêbados, eu e seus amigos concordamos comigo que você vai, que já deve estar indo para o inferno, a bem dizer.

Maish uma faisch favor...

Bebemos. Comigo eles concordam que o seu destino, e o destino deles, também, se houver qualquer destino, que ele já está traçado: que você primeiro, e logo em seguida eles todos, queimarão sim no fogo do crematório municipal, mas apenas como se fosse a antessala do inferno, a porta, um "aquecimento".

Nós fizemos por merecer...

Bebemos, brindamos e os seus amigos finalmente concordam comigo que a sua prática, a sua experiência, a bem dizer, era a prática, a experimentação do mal. Que praticaram o mal religiosamente, a bem dizer. Que o experimentaram como um vício: que se meteram, que contaminaram, estragaram... Que compraram e não pagaram; emprestaram e não devolveram; prometeram e não cumpriram. Que invejaram, que obtiveram sem precisar, sem merecer, que extorquiram, ameaçaram; que fustigaram, que machucaram e que era gostoso de foder!

À eleição deste domingo!

Bebemos. Comigo os seus amigos concordaram alegremente que se prestavam para certos serviços que a outros repugnava; que morderam as bocas que se aproximaram para beijar e desprezaram um a um os amores que lhes foram concedidos por acaso. Eles riem, mas é um riso triste do caralho e eles concordam comigo que sempre e covardemente só abusaram do que é pobre, do que é fraco e do que já se apresenta à sua sanha meio morto... Que ainda o fazem entre eles; que meio que vivem disso, a bem dizer, dizem, e que isso e mais a eleição deste domingo merecem agora um último gole e um último brinde em sua, em nossa homenagem: *deus nos livre e nos abençoe na pureza da nossa maldade!*

Eu digo amém.

43.

Está acabando... Acaba da pior maneira possível. Sono atrasado, álcool ruim e ingerido em excesso, péssima ou escassa alimentação no estômago, piadas infames, incompreensão generalizada, infelicidade paternal, conjugal, desejo sexual reprimido, más companhias recíprocas: tudo conta para o estado de consciência com que saí daquele local horroroso, o grau de consciência que adquirimos todos com as garrafas e conversas mais baratas, passadas de mão em mão, através das grades. Dez ou doze doses cada homem feito, em média, naquele momento. Este era, é o estado, o grau de nossas consciências quando saímos da birosca tenebrosa, as malditas consciências com as quais ainda pretendemos votar neste dia de domingo...

Eu quero apenas voltar para casa – é o mantra que eu penso, acho que digo, rezo, balbucio, nem sei. Faz tempo que eu só quero isso, aliás. Aliás é desde o começo, desde que me ligaram do hospital dos italianos para os meus pêsames, desde que ligaram avisando que "você tinha partido". Eu rio. É fácil rir disso. Bebemos, brindamos. Parece que quer amanhecer, ou são apenas manchas na minha visão, vultos, miragens, ilusões de cachaça barata. Eu já estou indo, quase, neste momento, a bem dizer, me despedindo feliz dos seus amigos, afinal. São muitos e estão emocionados, além de bêbados, os velhos desgraçados que me beijam e me abraçam, me lambuzam como seu fosse um deles, com bafo e tabaco e saliva amarelada...

Estão quase mortos os seus amigos – penso contente de que o peso morto deles não me diga o menor respeito. Já está quase amanhecendo, a bem dizer. E é justamente quando parece que estou me livrando disso tudo, deixando para trás este final de semana vivido entre mortes e porões, quando finalmente parece que este final de semana perdido para a família e para o descanso merecido está terminando na alvorada deste dia de domingo... É aí que acontece. Eu já tinha me despedido deles, a bem dizer; da maioria dos seus amigos eu tinha me despedido. Eles tinham assumido seus carros paisanos e suas viaturas e tinham saído em caravana, eu já tinha recebido abraços e beijos repugnantes melecados de cachaça e de tabaco, mas naquele, neste instante, o maldito do PM, o velho, o tal do negro que estava encerrado em sua patente de cabo desde sempre, ele e o motorista da viatura ainda estavam junto comigo quando voltamos para o carro. Sabendo onde estávamos, com receio uns dos outros tidos como inimigos, eles fazem questão de me acompanhar de volta ao carro, no estacionamento do crematório: *é para sua proteção, meu filho.*

Não sou seu filho, porras do caralho – penso com a língua solta pelo álcool, mas ainda assim me contenho, não digo o que eu penso, como de hábito. O estacionamento do crematório está quase vazio e o que me importa no momento é que eu vou-me embora, vou correndo para casa, passar todos os faróis vermelhos, se necessário, mas chegar logo em casa, eu penso, sinto alívio, enquanto apresso o passo na direção do meu carro: *até logo, tchau, adeus.*

Vou andando e vou dizendo. Vou me despedindo dos seus amigos policiais em movimento, a bem dizer, com tanta vontade de ir embora: *mas o quê? Quem é aquilo?!*

Eu pergunto, exclamo, não sei. Um homem quebrou o vidro do meu carro e está com meio corpo debruçado lá pra dentro, vasculhando o que eu porventura tenha... penso se tenho alguma coisa, uma blusa? Um guarda-chuva? Nada? Nem sei: *ele me quebrou o vidro! Está roubando meu carro!*

Assim mesmo, indignado, eu reclamo, grito, gesticulo desesperado como se fosse eu próprio, e não o meu carro, o atingido. Os policiais sacam suas armas e atiram. Eles erram. Você sempre me disse que não é fácil acertar um tiro. Corremos atrás dele. Agora eu me sinto mais corajoso com os seus amigos correndo e dando tiros a esmo ao meu lado, eu preciso confessar, meu pai. As varandas gourmet estão fechadas, são blindadas para os ruídos. As famílias dormem num silêncio fabricado, enquanto aqui embaixo alcançamos o homem que já recebe a primeira bofetada. É, a bem dizer, um rapaz, um menino, quem sabe? O primeiro que bate é o soldado raso, o motorista da viatura, ele mesmo da mesma idade do menino, do rapaz, do homem que queria me roubar o carro. Com a pancada de lado, de punho fechado, a cabeça do bandido vai e volta feito mola, ameaçando cair de cima do pescoço. Logo depois é a vez do PM velho acertar o suspeito, o criminoso, o menino, reclamando que ele é quem deveria ser o primeiro, e por isso bate ainda mais forte no menino, no rapaz, o bandido... Está velho o PM velho seu amigo, está velho e ressentido por isso e por aquilo, mas bate forte. Em seguida, eles se contentam em se alternar batendo. Batem na cara do menino. Dão chutes no rapaz, coronhadas no homem, no bandido que me queria roubar...

Filhos da puta todos – eu digo, eu grito para o dia que amanhece. Passam rasteira no rapaz, jogam no chão o menino. Agora eu só tenho olhos para o vidro do meu carro, coitado.

Meu carro está sempre comigo! – reclamo emocionado, alcoolizado. Quero ir para casa, tenho sono, fome, falta de sentido...

É a sua vez – eles me dizem, me oferecem a cara já macerada do homem, do rapaz, do bandido. Eu tenho sono, tenho fome, eu tenho raiva!

Filhos da puta todos – eu digo, eu grito para o dia que amanhece, dia de eleição democrática e futuro incerto. Tenho ganas de qualquer coisa que eu não sei. Não é o desconhecido que me assusta, mas o conhecido, eles todos, o tipo de italianos que somos, você, eu...

Acerta ele também, meu filho – eles, os seus amigos me oferecem o corpo do menino, do bandido, oferecem em algazarra. Chutando e dando coronhadas no rosto do rapaz, do menino, do bandido que queria me levar o carro, coitado.

Coitado o caralho! São filhos da puta todos! – olho o vidro, o meu vidro, o meu carro machucado, coitado, e, contrariado com tudo aquilo (sempre eu digo isso em meu benefício), aí sim eu dou um primeiro chute...

Desgraçado!

... Eu tinha bebido. Eu estou com sono e com fome e com inúmeros problemas, contrariedades, a eleição deste domingo, minha própria mulher, meus filhos, e talvez muito nervoso mesmo, sentindo como se fosse comigo, meu carro, meu vidro, coitado, e me dou o direito de mais um chute. Outro chute certeiro. E um terceiro, para não dizerem que foi "sem querer". Mais um para arrematar. Em cheio. Fecho os punhos e os olhos e vou dando o que posso de porrada no rosto dele, no peito, no baço, no fígado, a coisa toda tira a respiração, do menino, do rapaz, do desgraçado do bandido que queria me levar o carro, a ponto dele se dobrar asfixiado, sofre com falta de ar e eu me aproveito para me pôr de joelhos nas suas costas, nas costas dele, do menino, do bandido, para esmurrar, esmurro a sua nuca, a nuca do rapaz, do menino que queria me furtar o carro.

Isso precisa acabar! – eu exclamo, eu grito. Eu viro o bandido, o menino de lado e apoio todo o peso do meu peso ali em cima, esmago e de novo eu volto às pancadas, ao esforço na barriga, a barriga magra do menino, do bandido, do rapaz que queria me levar alguma coisa, alguma blusa do carro, e eu vou me empolgando com isso e aquilo e me ergo chutando, pisando nas mãos dele, nos braços dele, no saco, menino, homem, bandido, bandido...

Filhos da puta todos! – eu repito, esperneio, chuto e piso.

Alguém vai ter que pagar por isso – proclamo, eu grito quando seus amigos se juntam a mim, espancando, chutando, pisando, todos juntos, espancando, chutando, pisando...

EPÍLOGO

Prezado cidadão: o DPAVPM – Departamento de Parques e Áreas Verdes da Prefeitura do Município – vem por meio desta informar que, devido ao fato de não ter sido retirada no prazo, a urna ecológica contendo as cinzas de seu ente querido foi enterrada num bosque de nossa cidade.
    Agradecemos a confiança
    Sem mais.
    Atenciosamente.

Este livro foi composto na tipografia Dante MT, em
corpo 12/16, e impresso em papel off-white no Sistema
Cameron da Divisão Gráfica da Distribuidora Record.